my ork-y breaky heart

MONSTERVILLE, BUCH 8

AVA ROSS

ENCHANTED STAR PRESS

MY ORK-Y BREAKY HEART

Monsterville, Buch 8

Titelbild von Wolfraven Studio

Bearbeitung durch Owl Eyes Proofs & Edits

Übersetzer: Anne Lomberg

Für meine Eltern,
die immer daran geglaubt haben, dass ich es schaffen kann.

serien auf deutsch von ava

Galaxie-Spiele

Bestialischer Alien-Boss

Die Schicksalsgefährten der Ferlaern-Krieger

Feiertagsdate mit einem Alien
(Frost, Sleye)
(Science-Fiction Weihnachtsgeschichten)

Monsterville

Monstergefährtenjagd

my orc-y breaky heart

Ist mein heißer Ork-Nachbar mein Schwarm oder ist er tatsächlich mein Seelenverwandter?

Mein gutaussehender orkischer Nachbar Vrok, den ich gerne besser kennenlernen würde, ignoriert mich ständig.

Als er hört, wie ich den Entwurf meines erotischen Liebesromans laut vorlese, gibt er mir Tipps, um die männliche Sichtweise zu verbessern.

Eines führt zum anderen, und bald rezitieren wir nicht nur den Dialog in meinem Buch, sondern spielen die meisten Szenen nach.

Ich bringe ihm Kekse und mähe seinen Rasen, um mich bei ihm zu bedanken, und bin fest entschlossen, ihm zu zeigen, dass ich etwas Besonderes bin. Ich werde belohnt, als wir irgendwo zwischen Kapitel fünfzehn und einer Achterbahnfahrt mit Trollen anfangen, uns ineinander zu verlieben. Und plötzlich erscheinen passende Symbole an unseren Handgelenken.

Jetzt können wir nicht mehr sagen, was echt ist und was

nicht. Wenn wir das Band brechen, werden wir dann immer noch verliebt sein?

My Ork-y Breaky Heart, Buch 8 der Monsterville, USA Serie, ist eine heiße Monster-Romanze. Jedes Buch kann für sich alleinstehen, aber am besten liest man sie in der Reihenfolge. Freu dich auf romantische Verwicklungen mit Monstern, erotische Momente und Happy Endings.

Entdecke die ganze Welt von Monsterville!

Candy for my Ork Boss

Ork Me Baby One More Time

Gargoyles Just Want to Have Fun

Don't Go Knotting My Heart

Whose Bed Have Your Claws Been Under?

Uptown Oger

Oops, I Elf'd it Again

My Ork-y Breaky Heart

Hold Me Closer, Fiery Phoenix

Who Let the Dämon Out?

KAPITEL 1

vrok

Ich ging in meinen Garten, um meine Dragonette Merith ihr Ding im Gras machen zu lassen - was besser war als mitten im Flug, wo es mir meistens auf den Kopf plumpste.

Nachdem ich sie auf den Rasen gesetzt hatte, der gemäht werden musste, setzte ich mich auf die Hintertreppe. Mein kleines, drachenähnliches Geschöpf hüpfte herum und fraß Käfer. Das Sonnenlicht schimmerte auf ihre goldenen Schuppen, und es brauchte nicht mehr, als dass sie mir ein drachenhaftes Grinsen schenkte, um mein Herz zum Schmelzen zu bringen, genau wie damals, als ich sie aus dem Wurf ausgesucht hatte.

„Ja, du bist meine wahre Liebe, die einzige, nach der ich mich je sehnen werde", hörte ich eine Frauenstimme in der Nähe sagen mit so viel Leidenschaft, dass mein Puls zum Stehen kam.

Ich schluckte schwer und blickte über den hohen Holzzaun, der meinen Garten von dem nebenan trennte. Das Haus war vor etwa einem Monat verkauft worden und meine neuen Nachbarn waren bereits eingezogen. Da ich mit dem Aufbau meines jungen Sicherheitsunternehmens beschäftigt war, hatte ich die neuen Besitzer noch nicht kennengelernt.

„Ich sehne mich nach den Tagen, an denen wir immer zusammen sein werden", sagte sie mit berauschender Stimme. „So sehr. Ich verspreche, dass ich nicht mehr zulasse, dass er mich kontrolliert. Bald werde ich frei und wir werden zusammen sein."

„Er wird dich nie wieder kontrollieren", knurrte eine tiefere Stimme. „Ich werde dich beschützen, mein Schatz."

Kussgeräusche erfüllten die Luft.

Ich schrumpfte auf meiner Terrasse. Da ich einer der größten Orks in unserer Gemeinde war, konnte ich mich nicht ganz verstecken, aber was soll's. Zum Glück trennte ein hoher Zaun meinen und ihren Garten.

Merith legte den Kopf schief und starrte in Richtung unseres Nachbarhauses.

„Ich bringe ihn um", fügte die männliche Stimme mit einem Knurren hinzu.

Meine Augen weiteten sich. Vor nicht allzu langer Zeit hatte ich für die örtliche Polizei gearbeitet. Ich ging, um ein Sicherheitsunternehmen zu gründen, obwohl ich keine Morde aufklärte. War ich dabei, einen Plan für ein schreckliches Verbrechen zu belauschen?

„Bitte riskiere nichts", sagte sie. „Er ist es nicht wert. Du könntest erwischt werden."

„Ich bin gut darin, keine Spuren zu hinterlassen", erwiderte der Mann.

Wow.

„Nein." Ihre Stimme hob sich. „Tue das nicht. Wenn er mich findet, werde ich meine Sachen packen und aus der Stadt fliehen. Wenn ich weit genug reise, wird er mich nie finden."

Monsterville war nicht gerade das, was ich eine Stadt nennen würde, eher ein Dorf. Aber wer war ich schon, dass ich das behaupten konnte? Es war alles eine Frage der Perspektive.

„Liebe mich, mein Schatz", rief sie. „Liebe mich. Mach, dass ich ihn vergesse. Ich will nicht mehr, dass er zwischen uns steht."

Wenigstens hatten sie keine Mordkomplotte mehr geschmiedet.

Man konnte dem Gespräch nicht entkommen, bis Merith auf dem Rasen fertig war. Ich winkte ihr mit meinen Krallen zu und hoffte, sie würde die Botschaft verstehen und ihr Ding machen, damit ich mich wieder hineinschleichen konnte. Ich wollte auf keinen Fall hier draußen sitzen, während sie etwas Sexuelles taten.

Stöhnen und Kussgeräusche drangen über den Zaun.

Geht rein Leute!

„Unsere Liebe wird die Zeit überdauern", sagte der Mann und mir wurde ganz warm ums Herz.

Man sollte meinen, ich hätte meine Sehnsucht nach Liebe und Romantik inzwischen überwunden. Meine Ex hat mir das Herz an der Wurzel ausgerissen, als sie mich verließ. Warum sollte ich einen neuen Samen säen wollen?

„Du bist meine Leidenschaft", fügte er hinzu. „Mein einziger Grund zu existieren."

Ein Klischee, aber was soll ich dazu sagen? Die einzige

ernsthafte Beziehung, die ich hatte, ging vor ein paar Monaten in die Brüche und verbrannte. Wenn es nach mir ginge, würde ich mein Herz nie wieder für jemand anderen als Freunde, Familie und Haustiere öffnen.

Stöhnen und Ächzen hallten aus dem Garten meines Nachbarn wider und verrieten, dass die Worte des Mannes ein Erfolg waren. Vielleicht hätte Margie mich nicht abserviert, wenn ich so hart rangegangen wäre.

„Vervollständige mich, Liebster", sagte die Frau. „Zeig mir, wie viel ich dir bedeute."

Die Stimme der Frau sollte kein Bedürfnis in mir auslösen. Sie sprach nicht mit mir.

„Ich habe nicht die Absicht, etwas anderes zu tun", erwiderte der Mann. „Zuerst werde ich dir die Kleider vom Leib reißen und dich lecken, bis du schreist."

Verdammt, nein, das wollte ich nicht hören.

Mein Schwanz sollte nicht zucken. Igitt. Nachbarschaftsporno in Aktion.

„Beeil dich Merith", sagte ich leise, aber mein höllisches Haustier krallte sich tiefer in den Boden und suchte nach Käfern.

Hoffentlich könnte ich mich ins Haus zurückziehen, bevor etwas zu Heißes passierte, denn ich wollte auf keinen Fall dasitzen und mir so etwas anhören.

Ein Krachen ertönte, als ob jemand einen Stuhl über die Terrasse schleifen würde. Scheiße, die wollten das in aller Öffentlichkeit und am helllichten Tag machen? Ihr Garten war zwar eingezäunt, aber die Häuser in dieser Gegend waren fast alle übereinander gebaut.

Ich erhob mich und schlich zu Merith.

Als sie mich näherkommen sah, ergriff sie die Flucht. Nachdem sie mir einen hinterhältigen Blick zugeworfen hatte, stürzte sie sich über den Zaun und verschwand im Garten meines Nachbarn.

Ein Aufschrei ertönte.

Jetzt hatte ich es geschafft. Nenn Merith einfach eine spaßverderbende Nachbarin.

Seufzend schritt ich zu dem Tor, das die beiden Gärten miteinander verband und kündigte mein Kommen mit viel Lärm an. Die früheren Besitzer der beiden Häuser waren beste Freunde und hatten das Tor einbauen lassen. Ich hatte vor, ein Schloss auf meiner Seite anzubringen, aber ich hatte keine Zeit dafür gefunden. Ich würde es auf die Liste der Dinge setzen, die ich bei mir zu Hause noch erledigen muss.

Sobald mein Unternehmen reibungslos lief, konnte ich es langsamer angehen lassen und mir mehr Zeit für solche Dinge nehmen.

Ich öffnete knarrend das Tor und hielt inne, um meinen Nachbarn Zeit zu geben, sich die Kleidung überzustreifen oder sich zu bedecken.

„Ich schnappe mir Merith und gehe wieder rein", sagte ich aus demselben Grund lautstark. „Tut mir leid, dass ich euch gestört habe. Ich ... habe nichts gehört." Ja, klar.

Merith war auf dem Rasen meines Nachbarn gelandet, aber anstatt einen Snack zu suchen, hüpfte sie auf jemanden zu, der *allein* auf der hinteren Terrasse saß. Da mir die Sonne in die Augen schien, konnte ich nicht sehen, wer es war.

„Komm schon, Merith", grummelte ich. „Lassen wir die beiden in Ruhe."

„Beiden?", erwiderte eine Frau.

Ich kannte diese Stimme. Sie hatte mich in meinen Träumen heimgesucht, seit ich sie kennengelernt hatte.

Seyla Anderson, die beste Freundin meiner Freundin, der neuen Frau von Tylik.

Von dem Moment an, als ich sie sah, hatte ich mich nach ihr gesehnt. Sie hatte deutlich gemacht, dass sie interessiert war, und ich hatte mein Bestes getan, um sie abzuwimmeln. Mein verwundetes Herz konnte keine weitere Trennung verkraften.

Eifersucht, zu der ich kein Recht hatte, stieg in mir auf, gefolgt von einem Anflug von Abscheu. Die ganze Zeit, in der Seyla deutlich machte, dass sie an mir interessiert war, bekannte sie nun ihre unsterbliche Liebe zu einem anderen?

Meine Ex war schlimm, aber nicht so. Apropos flatterhaft.

„Beide wie du und dein ... *Partner*", sagte ich. Ehemann? Wenn ja, war es noch schlimmer. Ekel drückte sich in meinem Knurren aus. „Du hast vielleicht Nerven, Seyla."

„Was meinst du Vrok?"

„Du weißt, was ich meine." Ich schnappte mir Merith, hob sie hoch und setzte sie auf meine Schulter, wo sie die meiste Zeit ihres Lebens verbrachte.

Anstatt sich wie üblich an mein Hemd zu klammern, schlug sie mit den Flügeln und hob ab. Sie schwebte und landete auf Seylas erhobener Hand.

Sie schob einen Laptop vorsichtig auf einen Tisch neben ihrem Sessel. „Schön dich wiederzusehen, Merith", gurrte sie zu meinem Haustier.

Meine Dragonette schnurrte und streckte ihren Hals aus, um ihr Gesicht an ihr zu reiben. Ihr Lachen ertönte; der Klang kitzelte meine Seele.

Ich schüttelte den Kopf und stampfte mit meinen großen Füßen auf. „Du . . du . . . Du hast dich an mich rangemacht, obwohl du offensichtlich in einer Beziehung bist", knurrte ich. Es stand mir nicht zu, den Kerl wissen zu lassen, dass sie eine Betrügerin war, aber man sollte aufpassen. Er muss sich ins Haus geschlichen haben.

Seyla stieß ein weiteres tiefes, heiseres Lachen aus, das meine Haut zum Zucken brachte. „Du denkst, ich bin mit jemandem zusammen?"

„Ich habe ihn gehört. Er will dich lecken."

Das wollte ich auch.

Ich versuchte zu ignorieren, wie wunderschön diese Frau war, von ihrem langen braunen Haar, das mit natürlichen goldenen Strähnchen durchzogen war, bis hin zu ihrer kurvigen Gestalt und dem winzigen Grübchen auf ihrer rechten Wange. Ihre braunen Augen mit wirklich langen Wimpern vervollständigten das perfekte Paket.

Immer noch kichernd stand sie auf und ging mit Merith auf der Hand auf mich zu. „Ich bin allein hier."

„Du warst dabei, etwas mit einem anderen Kerl zu machen."

Ihr Schnauben ertönte. „Du klingst fast eifersüchtig."

Ich ärgerte mich. „Warum sollte ich das sein?"

Sie zuckte mit den Schultern. „Ich würde gerne glauben, dass es daran liegt, dass du mich magst, aber du hast mich ignoriert, als ich ... wie du sagst ... mich an dich rangemacht habe." Sie warf einen Blick auf ihren Laptop. „Es ist niemand hier außer mir. Ich habe mein neuestes Buch laut vorgelesen."

„Dein Buch?"

„Ich bin Autorin für Liebesromane. Ich werde dieses Buch in ein paar Monaten veröffentlichen. Ich bin gerade dabei, es gründlich zu überarbeiten. Laut vorlesen hilft. Auf diese Weise finde ich so viele Fehler.

„Warte, du hattest nicht vor, jemanden zu ermorden?"

Sie schnaubte. „Bis jetzt nicht."

„Und du wolltest keinen wilden Sex auf deiner Terrasse mit einem Typen haben?"

„Keiner, an dem ich interessiert bin, hat mir bisher wilden Sex angeboten." Ihr erhitzter Blick wanderte an meinem Körper entlang und mein Schwanz begann sich zu regen. „Bietest du das an?"

„Natürlich nicht", brüllte ich.

Ihre Lippen verzogen sich. „Du könntest mich leicht enttäuschen."

Ich war so aufgeregt, dass ich kaum denken, geschweige denn sprechen konnte. Zurück zu ihrem Buch. Das könnte ich vielleicht in einem vernünftigen Ton besprechen.

Ich war nicht in Versuchung, mir die Kleider vom Leib zu reißen und auf ihr mögliches Angebot einzugehen. Oder vielleicht war ich es doch.

„Die Worte des Kerls sind nicht richtig", platzte ich heraus.

Ihre Hand stemmte sich in die Hüfte und ihre hübschen Augen leuchteten vor Wut. „Ich nehme an, du denkst, du kannst es besser."

Oh, ich könnte *es* besser, aber sie würde es nie herausfinden.

Bevor ich die Worte zurückhalten konnte, sprudelten sie aus mir heraus. „Warum helfe ich dir nicht mit dem Dialog des Typen?"

KAPITEL 2

Seyla

Der Ork meiner Träume hatte mir gerade ein Angebot gemacht, das ich nicht ablehnen konnte.

„Du wohnst neben mir?", fragte ich, obwohl es offensichtlich war.

Er zuckte. „Jup."

„Ehrlich gesagt", räusperte ich mich und schritt zu ihm hinüber, „bin ich ein wenig beleidigt über dein Angebot, aber du solltest wissen, dass dies kein endgültiger Entwurf ist. Wenn ich fertig bin, wird mein Dialog perfekt sein."

Er kratzte sich an seinem dunkelgrünen Nacken und verzog das Gesicht. „Bist du dir da sicher?"

Ich hob mein Kinn. Sah er das Lächeln, das sich auf meinen Lippen ausbreitete? „Ich weiß, was meine Leser mögen." Ich brauchte keinen Kerl, der mir sagte, wie ich es besser machen konnte, selbst wenn es der heiße Ork war, in den ich seit über einem Monat verknallt war.

Allerdings habe ich jedes Mal, wenn Vrok in meine

Nähe kam, gesabbert. Es wäre dumm von mir, ihm zu sagen, dass er gehen und sein Angebot mitnehmen soll.

„Ich würde nur ein paar Dinge vorschlagen", erklärte er und machte einen deutlichen Rückzieher.

„Ich sag dir was", erwiderte ich und deutet zu dem anderen Stuhl auf meiner Terrasse, den ich herübergeschleppt hatte, um meine Füße darauf zu legen. „Lass uns an ein paar Zeilen arbeiten. Du kannst mir sagen, was du stattdessen zu einer Frau sagen würdest. Es ist übrigens eine Wyvern-Romanze."

Er runzelte die Stirn. „Wyvern, hm?"

„Die Leser lieben Monsterromane." Ich knabberte an meiner Unterlippe; sein Blick konzentrierte sich darauf.

„Warum dann nicht ein Ork?"

„Ich denke, ich könnte es ändern, obwohl Orks keine Flügel haben."

Ein finsterer Blick erschien auf seinem Gesicht. „Du klingst enttäuscht darüber."

„Fliegen könnte doch Spaß machen, oder?"

Sein finsterer Blick verstärkte sich. „Keiner braucht Flügel."

„Sag das meinem Wyvern-Protagonisten."

„Wie auch immer."

Ich grinste. „Stell dir einen heißen Wyvern vor, der meine Protagonistin mehr liebt als sein eigenes Leben."

„Hast du nicht, äh ..."

„Was?"

„Nichts", erwiderte er knapp.

Eigentlich wusste ich, worauf er hinauswollte. Er wollte wissen, ob ich zusätzlich zu meinem Wyvern auch eine Ork-

Romanze geschrieben hätte. Ich hatte es ernsthaft in Erwägung gezogen.

Ich habe über Vrok fantasiert, obwohl ich mich bisher davor gedrückt hatte, eine Ork-Romanze zu schreiben. Wenn ich schrieb, war es reine Fiktion. Ich hob mir meine Fantasien für die Zeit auf, in der ich nachts allein in meinem Schlafzimmer war. Ich hoffte immer, dass sie eines Tages wahr werden und der echte Vrok zu mir ins Bett kriechen würde.

„Ich sollte eigentlich nicht helfen", sagte er.

„Du hast es angeboten."

„Das habe ich nicht."

Ich rollte mit den Augen. „Du meinst, ich habe es mir eingebildet?"

„Nun ... nein."

„Also setz dich", erwiderte ich und deutete zu den Liegestühlen. „Wenn du dich traust."

Er runzelte die Stirn. „Warum solltest du mich zum Sitzen auffordern?"

„Weil du immer wegläufst, wenn ich in der Nähe bin."

Er richtete sich auf. „Ich habe nichts dergleichen getan."

„Dann setz dich."

Grummelnd ging er auf meine Terrasse und zog einen der Liegestühle so weit wie möglich vom anderen weg. Er hockte auf der Kante und starrte in meine Richtung.

Ha. Das konnte ja heiter werden.

Ich drängte seine süße kleine Dragonette auf meine Schulter; sie klammerte sich an mein Hemd und schnurrte mir ermutigend ins Ohr - oder was ich Ermutigung nennen wollte. In meiner Fantasiewelt könnte sie eine verkuppelnde Dragonette sein, die mich und Vrok zusammenbringen will.

Das wünschte ich mir.

Ich schob meinen Stuhl rüber, bis er sich neben Vroks schmiegte.

Sein Stirnrunzeln wurde stärker. „Du musst mir nicht so nahekommen."

„Ich möchte nicht laut sprechen. Wenn du das hörst, könnte die nette alte Dame auf der anderen Seite es auch hören. Sie wird empört sein und Sheriff Venom anrufen, um mich anzuzeigen, weil ich Pornos geschaut habe oder so etwas."

„Du hast gesagt, es ist eine *Romanze*, kein Porno."

„Ich bin überrascht, dass du den Unterschied kennst."

„Manche Leute vielleicht nicht, aber ich schon."

Interessant.

Da ich Merith nicht verscheuchen wollte, ließ ich mich vorsichtig auf meinem Stuhl nieder, legte meinen Laptop auf meine Oberschenkel und schielte auf den Bildschirm. „Wo willst du anfangen?"

„Bist du sicher, dass du meine Hilfe möchtest?" Er schien mehr erstaunt darüber zu sein, dass ich auf sein Angebot einging, als entsetzt. Ein gutes Zeichen.

„Ich würde mich freuen, wenn du mir hilfst." Ich war vor allem neugierig, was er vorschlagen würde.

„Wir könnten ein paar Dialoge durchgehen." Er drehte sich weg, machte seine Beine lang und lehnte sich zurück. Seine Beine ragten komischerweise über das Ende des Liegestuhls hinaus.

„Gibt es Liegestühle für Orks?", fragte ich. Ich würde heute Abend im Internet nachsehen. Wenn er mit mir abhängen wollte, wollte ich, dass er es bequem hatte. Und wenn ich schon dabei war, würde ich nachsehen, ob es Betten in Orkgröße gab. Träumen schadet nie.

„Wo ich aufgewachsen bin, ja."

„Wo war das?"

„In einem Orkdorf."

„Siehst du? Du bist also genau der Richtige, um mir bei meiner Monster-Romanze zu helfen." Ich kippte meinen Laptop-Bildschirm, um besser lesen zu können. „Ich fange ganz von vorn an. Ich werde dir ein wenig Hintergrundwissen über die Geschichte geben. Am Anfang treffen sie sich online. Oder sie denkt, dass sie es tun. Tatsächlich verliebt sie sich halb in seine Mutter."

„Was?", brüllte er.

Grinsend hielt ich meine Hand hoch. „Keine Sorge, am Ende wird alles gut. Seine Mutter hat eine Anzeige aufgegeben und sich als ihr Sohn ausgegeben, und meine Protagonistin hat sich gemeldet. Sie mailen sich hin und her, wobei sie die ganze Zeit denkt, dass er es ist. Dann macht seine Mutter einen Antrag, sie stimmt zu und sie heiraten stellvertretend. Das Buch beginnt, wie sie vor seiner Haustür auftaucht."

„Das klingt nicht sehr glaubwürdig."

„Es ist meine Geschichte", knurrte ich, obwohl ich nicht wirklich sauer auf ihn war.

Er zuckte. „Okay, ich werde damit fertig." Sein Kinn hob sich und er warf mir einen Blick zu, den ich nicht definieren konnte. „Was sagt der Typ, wenn sie auftaucht und alles erklärt?"

„Lass mich zu diesem Teil kommen." Ich blätterte bis zum Ende des ersten Kapitels und las laut vor. „Verschwinde Weib."

Er runzelte die Stirn. „Das klingt gemein."

„Mein Wyvern ist mürrisch. Knurrig. Er wurde in der Vergangenheit von anderen verletzt und ihm fehlt das Vertrauen."

„Okay." Er legte den Kopf schief. „Was macht sie dann?"

„Schreitet in sein Haus natürlich."

„Warum natürlich?"

„Weil ihr Vater ein übler Kerl ist und sie zwingen wollte, jemanden zu heiraten, um eine Schuld zu begleichen."

„*Das* ist jetzt aber wirklich gemein."

„Stimmt's?"

Er grinste. „Das klingt nach einer lustigen Geschichte."

„Danke." Ich entspannte mich. Endlich sprach ich mit Vrok. Könnte daraus mehr entstehen?

Halt dich zurück, Seyla, sagte ich mir. *Er hilft dir bei deinem Buch und bietet dir nicht an, den Alien-Vibrator in deinem Schlafzimmer zu ersetzen.*

„Fühlt sich der Typ zu der Frau hingezogen?", fragte er.

„Ihr Name ist Nettie."

Er schaute finster drein. „Nettie?"

„Hast du ein Problem mit dem Namen?"

„Nicht wirklich. Es ist dein Buch."

Ich seufzte. „Ich mag Nettie. Der Name steht nicht zur Diskussion."

„Okay." Er kniff die Lippen zusammen.

Warum mussten sie so küssbar aussehen? Ich fragte mich, wie sich Stoßzähne bei einem Kuss anfühlen würden, aber leider würde ich das wohl nie herausfinden.

„Wenn du einen Vorschlag haben willst ...", räusperte er sich.

„Ja ok."

„Ich denke, anstatt ihr zu sagen, dass sie verschwinden soll, sollte er etwas sagen wie „Wer zum Teufel bist du? Das impliziert, dass er keine Ahnung hat, wer sie ist, und klingt trotzdem mürrisch."

„Das ist perfekt. Du kannst das gut." Ich änderte schnell die letzte Zeile des Kapitels.

Sein Lächeln fiel ihm leichter.

Wir sind das nächste Kapitel durchgegangen und obwohl ich nicht alle seine Vorschläge übernommen habe, habe ich doch einige von ihnen verwendet.

Merith sprang von meiner Schulter und flog hinüber, um auf der von Vrok zu landen.

Vrok stand auf. „Ich sollte gehen."

„So schnell? Ich wollte zu den heißen Stellen kommen."

Seine Augen weiteten sich. „Du schreibst Sexszenen?"

„Wunderschöne erotische Sachen", erwiderte ich stolz. „Meine Leser lieben so etwas."

„Warum?"

„Weil es ihnen das gibt, was sie von echten Kerlen nicht immer bekommen können."

„Dann sind diese echten Kerle nicht die richtigen."

„Das habe ich auch immer gedacht." Ich seufzte, denn ich war mir sicher, dass ich auch nie so eine Liebe erleben würde.

„Wenn du willst, können wir die heißen Stellen nachspielen." Ich schlug mir die Hand vor den Mund, als mir die Worte herausrutschten. „Tut mir leid", murmelte ich zwischen meinen Fingern. „So habe ich es nicht gemeint. Ich meinte ... den Dialog in diesen Szenen."

Seine dicken, buschigen schwarzen Augenbrauen hoben sich. Eine Brise fegte durch meinen Garten und hob sein ebenso schwarzes Haar. Die Sonne glitzerte auf seiner grünen Haut.

„Du siehst aus wie ein Monster-Covermodel", sagte ich mit einem berauschenden Seufzer.

Seine Augenbrauen hoben sich noch mehr; das machte deutlich, dass ich ihn nicht bitten sollte, zu posieren. Ich spürte, wie mein Schiff auf den Grund des Ozeans sank, um nie wieder gefunden zu werden.

Ohne ein Wort zu sagen, sprang er von meiner Terrasse - eine fast heldenhafte Leistung, da sie etwa einen Meter über dem Boden gebaut worden war.

Er raste durch das Tor.

Die Tür schlug hinter ihm zu.

KAPITEL 3

vrok

Am nächsten Nachmittag machte ich in meinem Büro meine Buchhaltung, als mich das Brummen eines Rasenmähers innehalten ließ.

„Für einen Nachbarn, der seinen Rasen mäht, klingt das ziemlich laut", sagte ich zu Merith.

Meine Dragonette flatterte mit den Flügeln und hob von meiner Schulter ab. Sie schwebte durch den Raum und überflog die Fenster mit Blick auf meinen Garten, bevor sie auf meinem Schreibtisch landete. Sie rutschte über die Oberfläche und nahm meinen Papierkram mit sich.

„Buchhaltung ist zwar scheiße", lachte ich und stand auf, „aber ich muss es trotzdem machen." Ich ging um den Schreibtisch herum, hob die Papiere auf und legte sie auf die Oberfläche zurück, wobei ich einen Stein darauflegte, um sie festzuhalten. „Du bist zappelig. Brauchst du einen Snack oder etwas anderes?"

Merith riss ihren Hals zurück und schoss einen winzigen Flammenstoß in die Luft. Gut, dass sie kein echtes

Feuer erzeugte; es sah nur so aus, als könnte es das Haus niederbrennen. Rauch kräuselte sich aus ihren Nasenlöchern, während ihr Blick von mir zu meinem Fenster wanderte.

Das Surren des Mähers ging weiter.

„Das verstehe ich als Nein", sagte ich, kehrte zu meinem Stuhl zurück und zog meine Unterlagen näher heran. „Ich bin fast fertig. Dann können wir spazieren gehen oder so okay, kleine Maus?"

Oder wir könnten bei Seyla vorbeischauen und ihr bei ihrem Buch helfen.

Eigentlich sollte ich mich von Seyla fernhalten. Sie ließ meinen Puls rasen und mein Herz zucken, wann immer ich in ihrer Nähe war.

Ich beugte mich über meine Unterlagen und ging die Spalten noch einmal durch. Ich hatte gerade einen Security-Job erledigt - für meinen Freund, der gerade geheiratet hatte - und hatte zwölf weitere in Aussicht. Die Dinge liefen so gut, dass ich zwei Vollzeitmitarbeiter einstellte. Ich musste mich nicht mehr selbst um die Sicherheit kümmern, sondern konnte andere managen - das war von Anfang an mein Ziel. Wenn es so weiterging, würde ich in ein paar Monaten fünf oder sechs Mitarbeiter haben.

Ein Klirren ertönte und der Mäher verstummte. Auf einen Stein getroffen? Hörte sich so an. Das darauffolgende gleichmäßige Surren deutete darauf hin, dass die Person versuchte, den Motor erneut anzukurbeln, um ihn zu starten - ohne Erfolg. Wahrscheinlich abgesoffen.

Merith hob wieder ab, flog durch den Raum und

stürzte sich auf mich. Sie knallte mir auf den Hinterkopf, was nicht viel besser war, als darauf zu kacken.

„Herrje", meckerte ich und rieb mir die Stelle. „Musst du nach draußen?"

Sie flog zum Fenster, landete auf der Fensterbank und spähte in den Garten.

Normalerweise ließ ich sie nicht aus dem Haus, ohne mit ihr zu gehen, aber ich musste diese Zahlen noch zu Ende bringen, bevor ich für heute Schluss machen würde.

Ich stand auf und ging auf sie zu. „Ich lasse dich dieses eine Mal raus, aber du darfst nicht abhauen. Du wirst heute Abend keine Dragonette-Männer umwerben." Sie würde in der Nähe keine finden, selbst wenn sie danach suchen würde. Meine Familie hat sie gezüchtet und aufgezogen, und es gibt nur wenige von ihnen, die sich paaren. Durch langsame, vorsichtige Zucht hofften sie, die Spezies wieder auf die Zahl zu bringen, die vor langer Zeit das Orkreich bevölkerte.

Als ich die Fensterfront erreichte, runzelte ich die Stirn und starrte hinaus in meinen Garten.

Jemand hat meinen Rasen gemäht, was dringend nötig war. Ich hatte vor, bald mit Unkrautvernichter und Rasenmäher loszulegen.

Die Person zog am Starterkabel, aber der Mäher sprang nicht an.

Sie beugte sich vor und zeigte ihren kurvigen, wunderschönen Hintern in meine Richtung.

Seyla.

KAPITEL 4

Seyla

„Was glaubst du, was du da tust?", knurrte Vrok von hinten.

Ich hatte mich schon gefragt, wann er mitkriegen würde, was los war, obwohl ich gehofft hatte, seinen Rasen fertig zu mähen, bevor er herausfand, dass ich mich um ihn kümmerte.

„Dein Gras ist zu hoch", erwiderte ich und drehte mich zu ihm um.

„Ich wollte ihn zurechtstutzen."

„Wenn er verwildert ist? Das ist nicht gut für den Rasen, weißt du."

Sein Blick glitt an meinem Körper hinunter. „Was zum Teufel hast du da an?"

„Du magst dieses Wort."

Er stotterte. „Wie bitte?"

„Teufel. Das ist das Wort, das du meinem Protagonisten für meine Protagonistin vorgeschlagen hast."

„Ich spreche nicht über sie. Was machst du in meinem Garten?"

Ich wedelte mit der Hand in Richtung des Rasenmähers. „Ich kümmere mich um deinen Rasen als Dank für deine Hilfe gestern."

„Ich habe dir nur ein paar Vorschläge gemacht."

„Ich weiß es trotzdem zu schätzen. Mein Protagonist wird dank dir viel besser klingen. Wir sollten bald weitere Szenen durchgehen."

„Ich habe keine weitere Hilfe angeboten."

„Und, wenn ich ganz lieb frage?" Ich schmollte und stützte meine Hand gegen meine Hüfte.

Seine Augen blieben auf meiner Hand haften. Er bemerkte, dass ich nur einen Bikini trug. Anhand der Verschiebung der Vorderseite seiner Shorts konnte man erkennen, dass sein Körper zustimmte.

„Ich kann dir helfen ... morgen", sagte er. „Nicht jetzt."

„Mein Rasenmäher springt nicht an, also können wir genauso gut an dem Buch arbeiten." Ich wedelte in Richtung meines Hauses. „Mein Laptop steht auf meiner Terrasse."

„Du hast den Motor absaufen lassen."

„Das habe ich mir gedacht. Er braucht Zeit, um sich zu beruhigen, bevor es wieder losgeht."

„Ich mähe meinen Rasen selbst", schimpfte er.

„In Ordnung. Ich werde einen anderen Weg finden, mich für deine Hilfe zu bedanken. Vielleicht kümmere ich mich um die Unkrautbekämpfung in den Beeten vor dem Haus, die sehr verwildert und ungepflegt aussehen.

Ein Knurren grollte in seiner Brust. Niedlich, obwohl ich mir vorstellen konnte, dass das nicht der Effekt war, den er beabsichtigte. „Du hast genug getan. Ich kümmere mich um alles. Ich brauche die Bewegung."

Ich ließ meinen Blick an seinem Körper hinuntergleiten und bemerkte die Beule in seiner Hose. Wenn ich ihn so leicht anturnen konnte, lief es zwischen uns nicht so schlecht, wie ich angenommen hatte. „Ich finde, du siehst so schon toll aus."

„Wirklich?"

„Sicher." Ich trat auf ihn zu und verschränkte meinen Arm mit seinem. „Kommst du kurz zu mir rüber? Ich bin gerade an einer schwierigen Stelle in der Geschichte und brauche dringend deine Hilfe."

Er ließ sich von mir durch das Tor und auf meine Terrasse führen, während Merith dicht hinter uns schwebte. Ich hatte die Liegestühle schon vorsorglich dicht nebeneinandergestellt, aber wieder zog er einen von meinem weg.

„Ich dachte, wir könnten diese Szene nachspielen", sagte ich. „Ich bin mir nicht sicher, ob ich die Bewegungen so habe, wie sie sein sollten."

Merith ließ sich auf seiner Schulter nieder, während Vrok seinen Blick verengte. „Wird es lange dauern?"

Für immer, hoffte ich.

„Wahrscheinlich nicht", erwiderte ich. „Eigentlich ..."

„Was?"

Ich packte ihn wieder am Arm und zerrte ihn in mein Haus.

„Dein Laptop steht draußen", sagte er.

„Schon gut, mein Handy liegt auf dem Küchentisch

und ich habe es auch heruntergeladen. Ich brauche deine Hilfe bei einer Küchenszene. Wäre das in Ordnung?"

„Küche wie in Kochen?"

„Mehr oder weniger".

Seine Körperhaltung wurde lockerer. Ich hatte nicht das Gefühl, dass er Angst vor mir hatte, eher, dass er misstrauisch war. Ein wenig in der Stadt herumschnüffeln ergab, dass er vor etwa sechs Monaten eine ziemlich harte Trennung hinter sich hatte. Die Frau, mit der er verlobt war, hatte die Sache mitten in den Hochzeitsvorbereitungen abrupt beendet.

Ich wollte ihr danken. Sie zu *unserer* Hochzeit einladen. Ich musste nur noch Vrok davon überzeugen, einen Antrag zu machen.

Wir liefen an meinem neuen Kätzchen vorbei, das ich vor einem Monat aus dem Tierheim geholt hatte.

„Das ist Sriracha", sagte ich und winkte dem flauschigen grauen Tiger zu. „Pass auf. Er sieht süß aus, aber er hat es in sich."

Sriracha schaute hoch zu Vrok; sein buschiger Schwanz ragte über seinen Rücken. Er tanzte auf Zehenspitzen und näherte sich Vrok langsam von der Seite.

Merith flog von Vroks Schulter und landete auf dem Holzboden zwischen Vrok und Sriracha.

Meine Katze hielt inne und sah Merith stirnrunzelnd an.

Merith stieß ein Fiepen aus und drehte sich um, um ins Wohnzimmer zu huschen.

Sriracha jagte hinterher, wobei seine Krallen auf dem Boden klackten.

„Sollen wir eingreifen?", fragte ich besorgt um Merith. Sie mochte eine Dragonette sein, aber Sriracha sah sie wahrscheinlich als Vogel.

Wir schlichen uns ins Wohnzimmer und sahen Merith und Sriracha zusammen auf dem Sofa sitzen, die auf den Fernseher starrten mit Fischen, die in einem Aquarium schwammen.

„Ich habe den Fernseher nicht angelassen", sagte ich verwirrt.

„Merith weiß, wie man eine Fernbedienung bedient." Vrok zuckte mit den Schultern. „Sieht aus, als wären sie Freunde. Du sagtest, du bräuchtest Hilfe in der Küche?"

„Ja genau." Ich blieb in der Tür stehen. „Bist du sicher, dass sie sich nicht gegenseitig verletzen werden? Als ich sagte, Sriracha hat es in sich, habe ich das auch so gemeint." Ich hob meinen Arm und zeigte Vrok die Kratzer, die ich gestern Abend beim Bürsten meines Kätzchens bekommen hatte.

„Die sehen wund aus." Vrok fuhr mit seinem Finger darüber, was meine Haut eher kribbeln ließ, als Schmerzen zu verursachen.

„Es wird besser." Mit einem letzten Blick auf meinen Kater, in der Hoffnung, dass er meinen Blick als "Benimm dich" verstand, ging ich in die Küche.

Vrok folgte mir um die Insel herum in den Bereich zwischen dem Tresen. „Was für eine Kochszene hast du in deinem Buch geschrieben?"

„Nun, sie holt Sachen aus dem Kühlschrank", erwiderte ich. „Lass es uns nachspielen." Wie meine Figur öffnete ich den Kühlschrank, beugte mich vor, nahm das Gemüse heraus und legte es auf den Tresen. Anders als in meinem Buch wackelte ich mit dem Hintern.

Vrok zischte.

„In dem Buch", erklärte ich. „Wird er davon erregt, dass sie in seinem Kühlschrank herumwühlt." Ich drehte mich mit dem Salat in den Händen um, genau wie meine Protagonistin, und sah ihn an. „Er zieht sie an sich und hebt sie auf den Tresen."

Er starrte in diese Richtung. „Da hast du Gemüse hingestellt. Dein Arsch wird es zerquetschen."

Ich rollte mit den Augen. „Romantik, Vrok. Denk romantisch. Was für eine romantische Geste könnte ein Kerl tun, wenn das Gemüse auf dem Tresen liegt und er sie dort haben will?"

„Ich nehme an, er könnte sie mit seinem Arm wegfegen. Das wäre dramatisch. Ich weiß allerdings nicht, ob jemand beschädigtes Gemüse als romantisch ansehen würde."

„Ich würde."

„Das glaube ich." Sein Kopf neigte sich und sein Blick blieb auf meine Brüste gerichtet, die ich in mein Bikinioberteil gestopft hatte.

„Vielleicht ist es romantischer, wenn du es nachstellst?", sagte ich. „Ich bin mir nicht ganz sicher, wie das gehen soll und ich freue mich über jeden Vorschlag."

„In Ordnung." Er schluckte und sein Arm fuhr über den Tresen, sodass mein Gemüse durch die Luft flog. „Was jetzt?"

„Was denkst du denn? Er ist wirklich heiß auf sie."

„Du sagtest, er sei ein Wyvern, *kein Ork*, aber ich nehme

an, sie unterscheiden sich in der Größe? Du bist so viel kleiner als ich."

„Ich glaube, ihr Größenunterschied ist ungefähr der gleiche wie unserer." Genauso, eigentlich.

„Und er will sie küssen?", fragte Vrok und kratzte sich im Nacken.

„Auf jeden Fall." Unser Gespräch erhitzte mich und dem Zucken in Vroks Hose nach zu urteilen, ging es ihm ähnlich.

„Er würde das tun." Vrok packte mich an der Taille und hob mich mühelos auf den Tresen. So waren wir fast auf Augenhöhe.

„Meinst du, das ist nah genug zum Küssen?", fragte ich und beobachtete sein Gesicht.

Seine Aufmerksamkeit war wieder auf meine Brüste gerichtet, was nicht schlecht war. Aus Erfahrung wusste ich, dass es Stimulation braucht, damit Brustwarzen hart werden, aber meine hatten das Memo nicht bekommen. Sie drückten sich gegen die Vorderseite meines Bikinis, begierig auf das, was als Nächstes kommen würde.

„Ich könnte mich nah heranbeugen, um zu sehen, wie ein Kuss mit dir in dieser Position funktionieren würde", sagte er.

„Nur wenn du dich wohlfühlst." Es ging mir wirklich nicht darum, ihn gegen seinen Willen zu verführen. Ich wollte, dass er sehr wohl will.

„Ich komme damit klar." Er beugte sich dicht vor. „Du riechst gut Seyla."

„Danke."

„Wie gemähtes Gras."

Nicht ganz der Effekt, den ich mir vorgestellt hatte, aber wenn Gras gut ist, nehme ich es gern an. „Ich habe gemäht."

„Ja mähen." Er runzelte die Stirn, sein Blick wanderte von meinen Lippen zu meinen Augen und dann wieder zurück.

„In meiner Geschichte greift sie ihm an die Hörner", erklärte ich. „Er mag es, wenn sie das tut."

„Das kann ich mir vorstellen."

„Würde dir das gefallen?"

„Ich weiß es nicht. Niemand hat es bisher versucht."

„Ich schätze, es wäre wie ..." Ich hob meine Hände vorsichtig an, bis sie über seinen Hörnern schwebten. „Darf ich sie anfassen?"

Er biss sich mit seinen Stoßzähnen auf die Oberlippe und nickte.

„Das hier." Als ich mit den Fingerspitzen über seine prächtigen grünen Hörner strich, knurrte er.

Sein Arm legte sich um mich und er zog mich ganz an sich.

Mein Buch vergessend, schlang ich meine Beine um ihn.

Sein Mund eroberte meinen.

KAPITEL 5

vrok

Ich küsste Seyla und es war der beste Kuss, den ich in meinem Leben hatte. Jedes Gleiten ihrer Finger über meine Hörner schickte Schockwellen zu meinem Schwanz.

Er stieß nach oben und verlangte, dass ich ihn herausließ, um ihren heißen Kern zu erforschen.

Sie stöhnte und ihre Lippen spalteten sich.

Ich stieß meine Zunge hinein und genoss ihre Hitze.

Sie presste sich an meine Bauchmuskeln und selbst ein Flugzeug, das in ein Gebäude stürzte, hätte uns nicht auseinanderreißen können.

Als ich mit meinen Fingern an ihrer Seite hinauf wanderte und unter ihrer Brust innehielt, drückte sie sich gegen meine Hand.

Als ich ihre reife Knospe durch den Stoff spürte, löste ich mich.

Ich riss meinen Mund von ihrem. „Sag nein."

Sie schüttelte den Kopf und kniff die Lippen zusammen.

„Wenn du nicht nein sagst, werde ich noch mehr tun", knurrte ich.

„Tu es."

Das war alles, was es brauchte. Ich ließ meine Finger über ihren nackten Bauch gleiten und umfasste ihre Brust durch den knappen Stoff ihres Tops. Mein Schwanz stand in Flammen. *Ich stand in Flammen.*

Ein Schnipsen mit den Krallen meiner anderen Hand und ich hatte den Schritt ihres Badeanzugs aufgeschlitzt und sie vor mir entblößt. Ich lehnte sie zurück, ging in die Hocke und schloss die Augen, während ich ihren berauschenden Duft einatmete.

Ich leckte sie, ein Stöhnen zuckte aus ihrer Kehle. Sie lehnte sich noch weiter zurück, sodass ihr Rücken an den Oberschrank stieß, und wackelte mit den Hüften, bis sie ihre Schenkel auf meine Schultern stützen konnte.

Ihr Schlitz glitzerte vor Verlangen.

Vergiss Bücher und Schauspielerei; das hier war echt.

„Wenn ich ein Kerl wäre, der dich verführen will, Seyla", sagte ich. „Würde ich es so machen." Ich tauchte meine Zunge bis zum Anschlag in sie ein und zwirbelte sie dann, als ich sie wieder herauszog.

Sie bäumte sich unter mir auf, bevor sie sich beruhigte. „Wenn ich ..." Sie schluckte und es gefiel mir, dass sie um Kontrolle kämpfte. „Wenn ich die Protagonistin in meinem Buch wäre und du das tun würdest, würde ich das tun." Sie klammerte sich an meine Hörner und bewegte ihre Finger auf und ab.

Hitze schoss durch mich hindurch und konzentrierte

sich in meinem Schwanz. Er war noch nie so hart gewesen, so bedürftig.

„Und ich würde das tun", erwiderte ich. Ich leckte über ihre Klit und saugte sie in meinen Mund, wobei ich sie zwischen meinem Stoßzahn und meiner Oberlippe neckte.

„Ich würde die Kontrolle verlieren", seufzte sie mit schwacher Stimme.

Ich hob den Kopf und zeigte mit dem Finger auf sie. „Nichts von alledem. Wenn du dich so verhältst Seyla", sagte ich geduldig, „dann musst du es zeigen, nicht bloß sagen."

„Dann mach es noch einmal, und ich versuche, dir die Antwort zu geben, die du suchst."

„Oh das wirst du. Das wirst du." Ich war mir nicht sicher, woher ich das wusste, aber es war so sicher wie die grüne Farbe meiner Haut. „Genug geredet."

Ich nahm ihre Klit in den Mund und fuhr mit meiner Zunge immer wieder darüber, während sie unter mir stöhnte und zuckte. Ich liebte es, dass ich sie dazu bringen konnte, wild zu werden, dass ich ihr so viel Lust bereiten konnte.

Sie klammerte sich an meine Hörner und zerrte daran, sodass sie mir fast den Mund abriss. Mein Grinsen hat sich irgendwo dazwischen geschoben. Ihre Reaktion zu spüren, machte mich unheimlich glücklich. So gut hatte ich mich schon lange nicht mehr gefühlt.

Ich ließ von ihrer Klit ab und hob meinen Kopf an, um ihr ausdrucksstarkes Gesicht zu betrachten. Ich hielt meine Hand hoch und zog eine Klaue nach der anderen zurück, bis nur noch meine dicken Fingerspitzen übrig waren.

„Ist es Finger-Fick-Zeit, fiktives Weibchen?", fragte ich.

„Nicht mehr reden, sagtest du das nicht?"

„Du bist zu unverschämt. Das zeigt mir, dass ich dich nicht hart genug bearbeite."

„*Zeigen* Vrok. Nicht erzählen."

Ich saugte wieder an ihrer Klit und ließ einen meiner Finger in ihre einladende Nässe gleiten. Ihr süßer G-Punkt war genau dort und rief nach mir, also glitt ich mit der Fingerkuppe über ihn. Als ich meinen Finger herauszog, fügte ich einen weiteren hinzu und stieß in sie, während ich ihre Klit leckte.

Sie zerrte ihren Oberkörper über den Tresen, um sich flach hinzulegen und schaukelte ihre Hüften hoch, um meinen Fingern entgegenzukommen. Ihre sehnsüchtigen Schreie hallten um uns herum, der erstaunlichste Klang, den ich je gehört hatte.

Etwas krachte und fiel in die Spüle, aber ich hörte nicht auf. Verdammt, nein. Ich bewegte meine Finger schneller, trieb sie tiefer und staunte darüber, wie feucht und heiß sie war, wie sie an meiner Hand saugte und mich mehr als alles andere nach ihr verlangen ließ.

Ihre Klit spannte sich an. Ihr Körper begann zu zittern. Sie zerrte an meinen Hörnern, was mich halb zum Grinsen brachte. Ich verließ ihre Klit jedoch nie; als meine Knabbereien heftiger wurden, kreischte sie und gab nach. Ich liebte es, wie ihr Orgasmus sie verzehrte, wie sie aufschrie und zitterte, wie ihre Innenwände an meinen Fingern saugten und zuckten.

Als sie endlich zur Ruhe kam, verlangsamte ich meine

Finger, bewegte sie aber immer noch in einem trägen Rhythmus.

Ich leckte ein letztes Mal über ihre Klit, sah dann zu ihr auf und grinste. „Sollen wir an deinem nächsten Kapitel arbeiten?"

Ich grinste weiter, bis ich die Markierungen an meinen Handgelenken bemerkte.

KAPITEL 6

Seyla

Ich hatte mich in Vrok verknallt, ohne dass er auch nur einen Hauch von Interesse erwidert hätte und fühlte mich schlecht.

Ich rutschte von dem Tresen; meine wackeligen Beine konnten mich kaum tragen.

Als hätte sich eine Jalousie über Vroks Gesicht gelegt, schaute er finster drein. „Ich muss Merith holen und gehen."

Wie aufs Stichwort kam seine Dragonette in die Küche geschossen, Sriracha huschte hinterher. Sriracha sprang auf die Kücheninsel, etwas, das er nicht tun sollte. Ich hob ihn hoch und setzte ihn auf den Boden.

Er sprang wieder auf die Insel. Er legte sich hin und blinzelte mich an, als wollte er sagen: *„Du kannst mich herunterheben, so oft du willst, aber ich regiere dieses Haus, nicht du.*

Die abgetrennte Hälfte meines Bikinis baumelte zwischen meinen Schenkeln, aber ich beschwerte mich nicht, dass er ihn zerschnitten hatte. Ich hatte gerade den besten Orgasmus seit Jahren und ich wollte mehr. Aber es schien, als würde Vrok es bereits bereuen.

Merith flog von Vrok weg, schwebte hinüber und landete auf meinem Arm, der auf dem Tresen ruhte. Ich hob sie hoch und gab ihr ein paar Streicheleinheiten, während sie schnurrte, bevor ich sie aufforderte, zu Vrok zurückzukehren. „Na los, kleine Maus. Es ist Zeit zu gehen. Aber komm mich mal wieder besuchen, okay? Den mürrischen Ork kannst du zu Hause lassen."

„Ich bin nicht mürrisch", erwiderte Vrok mit einem Knurren.

Mein Lachen brach aus. „Das redest du dir immer wieder ein." Ich gurrte Merith an. „Außerdem hasst er mich plötzlich, also wenn du mich wieder besuchen kommst, tu es, wenn er nicht hinsieht."

„Ich hasse dich nicht", schnauzte Vrok.

„Nicht mögen eben."

„Auch das nicht."

Ich stützte meine freie Hand gegen die Hüfte. „Willst du damit sagen, dass du mich magst?"

„Das würde ich nie sagen."

„Weil du es nicht tust. Wie ich schon sagte, du hasst mich."

Er seufzte. „Ich mag dich gut genug."

„Gut genug?" Ich musste mich beherrschen, um nicht zu ihm zu stürmen, ihm gegen die Brust zu schlagen und ihn zu fragen, wie sehr er mich mochte, als er mich ausleckte. „Du trägst ganz schön dick auf Vrok", sagte ich.

„Wenn du nicht aufpasst, nehme ich deine Freundlichkeit als Ermutigung und krabbel auf dich."

Er holte tief Luft; sein Blick konzentrierte sich auf meinen Mund.

„Ist mein Lippenstift verschmiert?" Ich hatte keinen aufgetragen.

„Was meinst du?"

„Du starrst auf meinen Mund. Ich schätze, das ist besser als meine Brüste, aber nimm dir ruhig Zeit."

Sein Gesicht verfinsterte sich und er strich sich mit den Fingern über die Hörner. „Komm schon Merith. Es ist Zeit, nach Hause zu gehen."

„Wann hast du dich tätowieren lassen?", fragte ich und bemerkte die wirbelnden Muster auf seiner Haut, die sich um seine Handgelenke wickelten. „Sie sind schön."

„Ich habe keine Tattoos."

„Ich denke, du musst nichts erklären, wenn du nicht willst, aber was sind das für Markierungen?" Ich berührte eine und unter seiner Haut züngelten Funken. Ich hielt meine Hände hoch und wich zurück. „Sie sind lebendig."

Er hob seine Arme und starrte auf sie hinunter. „Sie sind ... Sie sind . . . Sie sind nichts." Er entriss mir Merith, drehte sich um und rannte aus meinem Haus.

Seufzend folgte ich ihm, verriegelte die Tür und sah zu, wie er durch die Öffnung im Zaun floh und sie hinter sich schloss.

Sriracha schlängelte sich um meine Beine; ich bückte mich, hob ihn hoch und legte ihn mir über die Schulter. „Was denkst du mein Junge? Mag Vrok mich oder nicht?"

Sriracha schnurrte nur.

Da ich etwas Süßes brauchte, fuhr ich am nächsten Morgen zu Rylee's Bäckerei. Drinnen eilte ich um den Tresen herum und umarmte meine beste Freundin Kate, die dort arbeitete.

„Schön dich zu sehen", sagte sie mit einem Lächeln. „Wie läuft‘s?"

Ich zuckte mit den Schultern. „Okay."

Ihr Gesicht wurde traurig. Sie trat von mir weg, öffnete eine der Kisten, wählte einen Schokoladen-Cupcake mit Erdnussbutter-Glasur - mein Lieblingsgebäck - und stellte ihn auf einen kleinen Teller. Sie schnappte sich zwei Plastikgabeln von einem Tablett, nahm mich dann am Arm und zog mich in den hinteren Teil des Ladens, wobei sie Rylee etwas zurief. „Bin gleich wieder da. Intervention im Gange."

Rylee gluckste und zwinkerte mir zu. „Viel Glück!"

Ich verdrehte die Augen und ging mit meiner Freundin mit. Wir liefen durch die Küche, wo ein Yeti und ein Oger an verschiedenen Backwaren arbeiteten. Der süße Geruch von Zucker durchströmte meine Nebenhöhlen und ließ meinen Bauch knurren.

Wir gingen durch die Hintertür auf eine kleine Terrasse mit einem Tisch, an dem die Angestellten oft ihr Mittagessen aßen.

Kate stellte den Cupcake in die Mitte des kleinen Tisches und drängte mich auf einen Stuhl. „Erzähl mir alles."

„Ja Mama", erwiderte ich und wir kicherten. Es ist gar nicht so lange her, als sie sich plötzlich mit einem Elfen

Tylik, verlobte und sich schnell in ihn verliebte. Damals war ich diejenige, die ihr Ratschläge gab und sie mich 'Mama' nannte.

„Was hat er getan?", fragte sie, nahm mir gegenüber Platz und reichte mir eine Gabel. „Willst du, dass ich Tylik um einen Zauber bitte? Wir können Vrok verschwinden lassen."

Ihr Ehemann besaß eine Apotheke, in der er verschiedene Zutaten für Zauberei verkaufte.

Vor ein paar Jahren sind Monster sozusagen aus dem Verborgenen in die menschliche Gesellschaft getreten. Es wurden Verträge geschlossen, und im Falle der Elfen wurden magische Regeln festgelegt. Sie durften einfache Zaubersprüche anwenden, aber nichts Stärkeres als das.

Die Monster lebten parallel zu den Menschen, deshalb fügten sich viele nahtlos ein. Andere behielten jedoch ihre eigenen Bräuche und Regeln bei, die von den Menschen respektiert wurden.

Viele der Monster hatten sich in dieser Stadt niedergelassen, die früher Blustery Hills hieß. Jetzt nannten alle sie Monsterville. Riesige, schneebedeckte Berge und endlose Wälder umgaben die Stadt; viele der Monster lebten immer noch in den Wäldern und kamen in die Stadt, um Vorräte zu holen oder auszugehen.

Rylee und ihr Ork-Ehemann waren aus Screaming Woods hierhergezogen, einer Stadt, in der ein Professor versehentlich Menschen in Monster verwandelt hatte. Ihr Mann war ein Ork wie Vrok.

Kate schnitt den Cupcake in zwei Hälften, stach mit

einer Gabel in eine der Hälften und schob sie in meine Richtung. „Essen. Reden. Teilen."

Ich grinste, obwohl mein Gesicht wehtat. „Ich habe die letzte Nacht damit verbracht, traurig zu sein."

Kates erwiderndes Lächeln verschwand. „Oh das tut mir leid. Was ist passiert?"

„Alles schien in Ordnung zu sein, aber jetzt ist wieder alles hinüber."

„Ich nehme an, du sprichst von Vrok."

„Mein süßer Ork-Nachbar, der mich will, aber irgendwie auch nicht will."

„Nachbar?", brüllte sie. „Wann ist das passiert?"

„Vor einem Monat, als ich eingezogen bin, aber keine Anstalten gemacht habe, mich vorzustellen. Er war die ganze Zeit da, aber wir sind uns erst jetzt über den Weg gelaufen." Ich biss von meinem Cupcake ab und erzählte ihr, was passiert war, wobei ich nicht verschwieg, dass er mich in der Küche vernaschte. „Er verschwand und obwohl ich zu seiner Wohnung gegangen bin und an seine Tür geklopft habe, habe ich ihn seitdem nicht mehr gesehen."

Kate schüttelte den Kopf. „Ihr zwei habt eine Szene aus eurem Buch nachgespielt? Was für eine tolle Idee."

„Ich brauche Hilfe. Er kann gut mit Dialogen umgehen."

„Und mit ein paar anderen Dinge, nachdem was du angedeutet hast." Sie aß einen Bissen und leckte die Erdnussbutterglasur von der Gabel.

Ich seufzte. „*So* gut."

„Du gibst also auf, was?"

„Würdest du?"

Sie gluckste. „Mit Tylik? Niemals."

Es gefiel mir, sie glücklich zusammen zu sehen. Ihre Beziehung begann zwar auf unkonventionelle Art und Weise mit einer vorgetäuschten Verlobung, um seiner Tante zu gefallen, aber sie liebten sich wirklich.

„Ich bin mir nicht sicher, was ich als Nächstes tun soll", seufzte ich und aß noch mehr. Rylees Backwaren müssen mit Magie durchtränkt sein, denn sie schmeckten fantastisch.

„Du hast noch mehr Szenen zum Ausprobieren und Nachstellen oder?"

„Glaubst du, er wäre bereit, mir wieder zu helfen?"

„Ihn zu bitten, dir Tipps für deine Küchenszene zu geben, ist wirklich inspirierend."

„Die Sache ist die", sagte ich, „ich habe ihm nichts vorgespielt oder etwas getan, um ihn anzulocken. Sicher, ich habe mit dem Hintern gewackelt und ich hatte einen Bikini an, sodass er in dieser Position eine Menge sehen konnte, aber ich habe ihn nur geneckt, in der Hoffnung, ihn zu erregen."

„Ich bin mir sicher, dass *etwas* gewachsen ist." Kate kratzte den letzten Zuckerguss vom Teller und leckte ihn von ihrer Gabel ab.

„Ha vielleicht."

„Wenn er das getan hat, was du andeutest, hatte er einen Steifen."

„Das spielt keine Rolle. Er wurde ganz knurrig und schlich sich davon."

„Es gibt Dinge, die du noch tun kannst. Mähe seinen Rasen fertig."

„Er hat es in der Nacht getan", erwiderte ich. „Ich habe ihn durch das Fenster beobachtet."

„Du bist nicht runtergegangen?"

„Er hasst mich." Ich ließ mich in den Stuhl sinken. Trotz der Schokolade war ich immer noch traurig. „Wozu die Mühe?"

Kate schüttelte langsam den Kopf. „Ich kann nicht glauben, dass du so schnell aufgibst."

„Was kann ich tun?", fragte ich halb verwundert.

„Er ist dein Nachbar. Da fällt dir doch sicher etwas ein."

„Nicht wirklich. Ich meine ..." Ich runzelte die Stirn. „Warte mal."

Kate grinste. „Das ist diese Freundin, die ich kenne und liebe." Sie lehnte sich über den Tisch und stupste mich am Arm an. „Schnapp ihn dir."

KAPITEL 7
vrok

In den acht Monaten, in denen ich mit Margie verlobt war, hatte sie mich immer wieder dafür beschimpft, dass ich die Markierungen nicht zeigte, die beweisen würden, dass wir füreinander bestimmt waren. Ich hatte ihr immer wieder erklärt, dass sie nicht unter Orks üblich sind, geschweige denn in einer Beziehung zwischen einem Ork und einem Menschen.

„Chastity hat sie", ärgerte sie sich. „Max liebt sie mehr als du mich."

Heute frage ich mich manchmal, was ich in ihr gesehen habe, aber damals dachte ich, ich würde sie lieben.

Nun, an meinen Handgelenken waren endlich Markierungen zu sehen - und das nicht wegen Margie. Ich leckte Seyla, als sie erschienen.

Sie war nicht meine Schicksalsgefährtin. Ich wollte keine haben. Und sie war ganz sicher nicht meine Orkfrau. So eine wollte ich auch nicht.

„Fuck", zischte ich.

Ich hatte das schon dreimal gemacht, aber es konnte nicht schaden, es ein viertes Mal zu versuchen. Ich drehte das Wasser in der Küchenspüle auf volle Pulle und ließ meine Handgelenke unter den Wasserstrahl laufen. Ich nahm den grünen Schrubber und fuhr damit über die Markierungen, immer und immer wieder, in der Hoffnung, sie würden verblassen oder ganz verschwinden.

Wenn überhaupt, dann leuchteten sie noch dunkler.

Schluckend wich ich vom Waschbecken zurück und hob die Hände, als wäre ich ein Chirurg, der sich auf eine OP vorbereitet. Ich schlich hinüber und stellte mich neben meine Haustür. Ich spähte durch den Vorhang und war mir sicher, dass ich Seyla auf der Treppe stehen sehen würde. Sie würde durch die Tür rufen und eine Geschichte erfinden, wie das Paar in ihrem Buch zum ersten Mal Sex hat - natürlich in der Hündchenstellung - und wie sie und ich das nachspielen sollten.

Ich würde die Tür öffnen, sie ausziehen und über meinen Küchentisch legen.

Nachdem ich das Wasser abgestellt hatte, flüchtete ich aus der Küche und kam an Merith vorbei, die auf der Lehne der Couch saß, wo sie sich gerne niederließ.

In meinem Büro, das an das Wohnzimmer grenzt, schaltete ich meinen Computer ein. Es dauerte nicht lange, bis ich in den Ork-Foren Seiten mit Informationen über Paarungen und die Markierungen fand, die auf den Handgelenken der Gefährten erscheinen, wenn sie sich endlich gefunden haben.

Meine Symbole waren nicht genau gleich, aber die Kommentare deuteten darauf hin, dass jeder Satz von

Symbolen einzigartig für das Paar war und dass nur diese beiden zusammenpassen würden.

Hatte Seyla sie auch? Gestern hatte ich sie noch nicht gesehen, was bedeuten könnte, dass sie nicht meine *richtige* Gefährtin war.

Oder sie waren noch nicht aufgetaucht.

Wenn ich mich von ihr fernhalte, werden sie das vielleicht nie, wie in den Kommentaren im Forum zu lesen ist. Mit genügend Zeit und Abstand könnten meine verblasst sein. Und solange ich mich für immer von ihr fernhielt, würde ich mich nicht noch mehr nach ihr sehnen, als ich es ohnehin schon tat.

Jemand klopfte an die Eingangstür.

Scheiße. Sie war hier für die Hündchenstellung. Mein Schwanz schnappte nach Luft und war entschlossen, in jeder von ihr angebotenen Position zu dienen.

„Fuck." Ich stützte mich mit den Ellbogen auf dem Schreibtisch ab und hielt mein Gesicht.

Ein weiteres Klopfen ertönte an der Tür.

Hatte ich sie abgeschlossen? Ich stand auf und schlich mich in die Eingangshalle.

Sogar jetzt pulsierten noch Paarungschemikalien durch meine Adern und ließen mich nach ihr verlangen. Auf einer intellektuellen Ebene verstand ich, warum. Es sicherte das Überleben der Art. Ein Ork kam in die volle Brunft und füllte seine Gefährtin mit seinem Sperma, bis sie seine Jungen trug.

Wenn Seyla draußen wäre, könnte ich ihr vielleicht nicht widerstehen.

„Ich *kann* ihr widerstehen", zischte ich.

„Bist du da drin Vrok?"

Meine Schultern erschlafften vor Erleichterung. Ich schloss die Tür auf und ließ meinen Phoenix-Freund Nyxor hinein, während ich schnell durch die Tür spähte, aber Seyla nicht entdeckte.

„Arbeitest du?", fragte Nyxor, als er am Eingang an mir vorbeilief und den Flur entlangging. Seine Flügel flatterten kurz, bevor sie sich auf seinen Rücken legten. Dunkel und mit Gold- und Orangetönen waren sie die einzige Stelle, an der mein Freund Federn hatte, obwohl sie winzig waren und flach lagen.

Merith kreischte zur Begrüßung, als Nyxor sich auf dem Sofa niederließ und seine Flügel gegen die Kissen presste.

„Wann hast du die Tattoos bekommen?", fragte Nyxor und schielte auf meine Handgelenke.

„Niemals."

Er schüttelte den Kopf; sein dunkles Haar war von demselben Orange und Gelb durchzogen, das sich auf seinen Schultern abzeichnete. Bei jedem anderen als einem Phoenix würde das Haar seltsam aussehen, aber es passte zu seiner Art. „Wenn du meinst."

Ich seufzte und ließ mich in meinem Sessel nieder, ohne jedoch die Füße hochzulegen. „Das sind Paarungssymbole."

„Whoa", sagte Nyxor. „Wann hast du dich mit jemandem gepaart?" Er sah sich um. „Ich sehe hier niemanden mit dir." Seine grünen Augen weiteten sich und er warf einen Blick an die Decke, als er sich vom Sofa erhob. „Mensch, das tut mir leid. Sie und du wart . . . Ich habe euch in diesem wichtigen Ork-Moment gestört."

„Sie ist nicht hier."

Er runzelte die Stirn und ließ sich auf das Sofa zurückfallen. „Warum nicht? Solltet ihr zwei nicht ... nun ja, viel herumvögeln, um einen Haufen Orkbabys zu machen?"

„Orks haben selten mehr als ein Kind zur gleichen Zeit."

„Du weißt, was ich meine. Wer ist die glückliche Dame?"

„Seyla ist nicht meine Schicksalsgefährtin", beharrte ich.

„Seyla, die Freundin von Kate? Die, die schon immer in dich verknallt war?"

„Sie kann mich nicht leiden." Sie genoss einfach meine Zunge. Auf ihrem Fleisch. Und auf ihren Brüsten, stellte ich mir vor, obwohl wir das noch nicht ausprobiert hatten.

Nyxor zuckte mit den Schultern. „Nach dem, was ich mitbekommen habe, mag sie dich." Er schenkte mir ein Grinsen. „Ich freue mich wirklich für dich. Es ist selten, dass ein Phoenix seine Schicksalsgefährtin findet. Das ist eine große Ehre."

„Sie ist nicht meine Schicksalsgefährtin."

„Du kannst protestieren, so viel du willst, aber die Symbole beweisen, dass du falschliegst."

„Ich werde mich so weit wie möglich von ihr fernhalten, dann werden die Markierungen verblassen. Solange ich keinen Sex mit ihr habe, wird die Bindung nicht enger werden."

„Also keine Halb-Ork-Babys."

Ich sollte mir jetzt nicht vorstellen, wie Seyla mein Kind hält. In der Vorstellung schaut sie zu mir auf, während ich neben ihr stehe. Ihre Hand greift nach meiner und wir starren beide auf das kostbare Kind, das wir gemeinsam gezeugt haben.

„Keine halben irgendwas Babys", knurrte ich.

„Wird es reichen, ihr aus dem Weg zu gehen?", fragte Nyxor.

„Ich hoffe es."

„Warum nicht darauf eingehen?", fragte er. „Ich würde es tun."

„Würdest du?" Ich musterte meinen großen, breitschultrigen Freund.

„Das habe ich geplant, wenn ich sie finde."

Das muss man ihm lassen: Er war bereit, es weiter zu versuchen, selbst nachdem seine Freundin vor drei Monaten ausgezogen war und ihm gesagt hatte, sie wolle ihn nie wieder sehen.

„Wie planst du sie zu finden?", fragte ich.

„Deshalb bin ich zu dir gekommen. Ich hab vor, zu Monster Mingle zu gehen, der neuen Partnervermittlung in der Stadt, um mit Granny Vi und Onkel Bub zu sprechen."

Granny Vi war nicht seine Großmutter und Onkel Bub nicht sein Onkel. Aber er war Violets Onkel. Sie war mit einem Gargoyle namens Goreg verheiratet. Und Granny Vi war Rylees Großmutter. Vi und Bub waren jetzt ein Paar und sie lebten auch hier in der Stadt.

„Ich hoffe, sie können mich mit jemandem verkuppeln", sagte Nyxor. „Mehr als ein Match, wenn es das ist, was nötig ist, um die Richtige zu finden."

„Hast du dich schon auf eigene Faust in der Stadt umgesehen?"

„Sie ist hier irgendwo." Er schlug sich gegen die Brust. „Ich spüre sie."

„Oder ihn."

Er zuckte mit den Schultern. „Klar. Ich glaube aber, ich bin hetero, also wahrscheinlich eine Sie." Er lehnte sich vor und stützte seine großen Hände auf die Knie. „Meinst du Monster Mingle ist eine gute Idee? Sie können meine Reichweite auf die umliegenden Städte ausdehnen."

„Es kann nicht schaden, es zu versuchen."

„Du könntest mit mir kommen. Die haben gerade ein Zwei-für-Eins-Angebot."

Ich schnaubte. „Die verlangen doch gar keine Gebühr." Sie boten die Partnervermittlung an, weil sie es lieben, Leute zu verkuppeln - oder in diesem Fall Monster und Menschen.

„Nur ein Gedanke", erwiderte er.

„Ich will niemanden daten."

„Du solltest dich nicht von Margie zurückhalten lassen."

Ich machte mich auf den stechenden Schmerz gefasst, den ich immer in meiner Brust verspürte, wenn ihr Name erwähnt wurde. Überraschenderweise spürte ich nicht viel davon. Vielleicht war ich endlich dabei, über sie hinwegzukommen. „Es geht um mehr als um sie. Ich bin einfach nicht bereit, mit jemandem auszugehen." Meine Gedanken schweiften zu Seyla, aber ich verdrängte sie wieder. „Es ist schwer, jemand Neuem zu vertrauen."

Er erhob sich vom Sofa und zuckte mit den Schultern. „Margie war nicht die Richtige."

Wieder dachte ich an Seyla. Wieder verdrängte ich ihr Bild aus meinem Kopf.

„Wenn du es dir anders überlegst, sag mir Bescheid", verkündete er, umrundete das Sofa und ging auf die Haustür zu. „Ich werde einen Termin vereinbaren, aber erst in ein oder zwei Wochen. Wir könnten ein Doppeldate machen."

Ich schnaubte. „Gibt es so was überhaupt noch?"

„So kann man das Date locker halten. Wenn es unangenehm wird, unterhält man sich mit seinem Kumpel."

„Nicht so gut für sie."

„Sie würde das Gleiche tun. Oder sie und die andere Frau müssen auf mysteriöse Weise zur gleichen Zeit auf die Toilette, und ehe man sich versieht, ist sie zur Vordertür hinausgerannt."

Ich runzelte die Stirn. „Ist das schon mal außerhalb eines Films passiert?"

„Ja leider."

Ich klopfte meinem Freund auf die Schulter. „Ich sag dir was. Wenn du über Monster Mingle ein Date ausmachst, sag mir Bescheid. Ich werde auftauchen und dein Freund sein, wenn du einen brauchst."

„Abgemacht."

Er ging, und ich kehrte in mein Büro zurück, wo ich ein Angebot für einen Job im Einkaufszentrum abgab und einige Zahlen für einen anderen Job studierte, den ich in Erwägung zog.

Jemand klopfte an meine Haustür.

In der Annahme, Nyxor hätte etwas vergessen oder UPS würde die Sachen liefern, die ich online bestellt hatte, verließ ich meinen Computer, ging durch mein Wohnzimmer zur Haustür und riss sie auf.

Mein Willkommenslächeln war schnell verschwunden.

„Die habe ich für dich gebacken", freute sich Seyla und hielt einen Teller voller Kekse hoch.

„Ich will sie nicht", brüllte ich und versuchte, die Tür zu schließen. Die Symbole an meinen Handgelenken kribbelten.

Alarm! Alarm!

Ich musste Abstand zwischen uns bringen, bevor ich etwas Dummes tat, wie sie ins Haus zu zerren und gegen die Wand zu drücken. Ihren Mund zu erobern. Ihren Körper. Was auch immer sie mir geben würde.

Sie verkeilte ihren Fuß in der Tür und obwohl ich den Drang verspürte, sie aus dem Weg zu schubsen und die Tür zuzuschlagen, wollte ich ihr nicht wehtun.

„Ich stelle sie einfach auf den Küchentresen ab und gehe", sagte sie und eilte hinein. „Du kannst sie später anknabbern."

Ich wollte sie anknabbern.

Mehr als nur knabbern. Ich könnte sogar ein oder zwei Bissen nehmen.

Mein Schwanz trat in Aktion und machte deutlich, dass *er* seit Monaten keine Aktion mehr erlebt hatte und mehr als bereit war, meine Durststrecke mit Seyla zu durchbrechen.

Merith, die Verräterin, hob von der Rückenlehne des Sofas ab, schwebte zu Seyla hinüber und landete auf ihrer Schulter.

„Hey Kleines", gurrte sie und streichelte ihre goldglänzenden Schuppen. „Wenigstens eine, die sich freut, mich zu sehen."

„Du musst gehen und deine Kekse mitnehmen", knurrte ich.

„Du bist ganz schön grummelig, was?" Mit Merith auf der Schulter wie ein Piratenpapagei schob sich Seyla an mir vorbei und ging mit ihrem Teller in der Hand auf meine Küche zu. „Vielleicht hattest du noch keinen Kaffee? Lass mich welchen machen. Wir können uns hinsetzen und ihn zusammen mit ein paar Keksen verköstigen."

Ich musste sie dazu bringen zu gehen, bevor die Paarungschemikalien in mir zum Leben erwachten. „Verschwinde."

Sie spülte die Kaffeekanne aus, füllte sie, indem sie das Wasser in den oberen Teil des Geräts goss. „Ist dein Kaffee im Schrank?" Nachdem sie eine Tür nach der anderen geöffnet hatte, fand sie ihn schließlich und füllte ihn vorsichtig in das Fach, bevor sie den Knopf drückte. „Während das Gerät seinen Dienst tut, kannst du mir etwas erklären."

„Was?" Ich lauerte in der Tür zur Küche und traute mich nicht, mich ihr zu nähern.

Sie streckte ihre Arme aus. „Was zum Teufel hast du mit meiner Haut gemacht?"

Symbole, die mit meinen identisch waren, umkreisten ihre Handgelenke.

KAPITEL 8

Seyla

„Das ist nichts", sagte Vrok und schlug die Hände auf den Rücken.

„Diese Symbole waren neulich noch nicht da und wenn ich mich recht erinnere, passen sie perfekt zu denen an deinen Handgelenken." Ich schlängelte mich um ihn herum und hielt seine Hände fest, bevor er wieder versuchen konnte, sie vor mir zu verstecken. „Sieh dir das an." Ich stupste sein Handgelenk an. „Sieh dir das an!"

„Es ist eine vorübergehende Angelegenheit".

„Du meinst, sie werden verblassen?" Ich schlenderte herum, um mich wieder vor ihn zu stellen.

Aus irgendeinem Grund geriet ich deswegen nicht in Panik. Nein, nachdem ich heute Morgen beim Duschen die Symbole auf meinen Handgelenken entdeckt hatte, zog ich mich in aller Ruhe an, ging nach unten, packte Kekse auf einen Teller und legte Plastikfolie darüber. Ich ging zu Vroks Haustür und klopfte.

„Meine passen zu deinen." Ich stupste erneut sein

Handgelenk an und ein Kribbeln schoss meinen Finger hinauf, machte eine Pause, um sich um mein Handgelenk zu wickeln, bevor es meinen Arm hinaufschoss. Die Markierungen, die ich heute Morgen entdeckt hatte, leuchteten hellgrün auf, bevor sie zu einem leisen Summen verblassten.

Meine dumme Klit fing an zu pochen wie ein Herzschlag. Und ich hatte die verrückte Idee, dass, wenn ich Vroks Puls überprüfen würde, das Pochen mit seinem Rhythmus übereinstimmen würde.

„Sie werden verschwinden, wenn wir uns voneinander fernhalten", sagte er und wich von mir zurück.

„Warum sind sie überhaupt da?"

„Hast du schon mal von Schicksalsgefährten gehört?"

„Nur in Science-Fiction-Romanen."

„Fantasy auch, wie du wahrscheinlich bei der Arbeit an deiner Wyvern-Romanze festgestellt hast."

„Ich habe in vielen meiner Romane über Schicksalsgefährten, wahre Gefährten und so weiter geschrieben. Das ist ein beliebtes Thema." Warum hatte ich nicht daran gedacht, als ich die Symbole entdeckt habe? Vielleicht, weil ich keine Romanfigur bin! „Wir können keine Schicksalsgefährten sein."

Er schnaubte. „Warum nicht?"

„Weil du mich hasst." Ich streichelte Merith, die immer noch auf meiner Schulter saß und anfing zu schnurren.

„Ich hasse dich nicht."

„Du magst mich aber nicht besonders oder?"

„Es liegt nicht an dir", erwiderte er.

Ich schüttelte den Kopf und verzog die Lippen. „Das

sagen sie alle. Ich bin mir nicht einmal sicher, was es bedeutet." Mein Herz krampfte sich zusammen. Ich mochte ihn nun schon seit über einem Monat, aber trotz meiner Bemühungen, ihn dazu zu bringen, mich als jemanden zu sehen, den er auch mögen könnte, wies er mich immer wieder ab.

Außer, wenn seine Finger in mich stießen.

Die Erinnerung pulsierte in mir und meine Atmung beschleunigte sich. Meine dumme Klit pochte noch mehr und mein Verlangen, seine Finger wieder zu spüren, durchtränkte mein Höschen. Ich lehnte mich zu ihm. Bitte lass ihn mich berühren. Mich verzehren.

„Tue das nicht", knurrte er und wich mit erhobenen Händen zurück.

„Was tun?" Ich riss meine Gedanken zur Seite und holte sie aus dem warmen Pool, in den sie gefallen waren, damit es etwas leichter wurde zu denken. „Ich brauche hier Klarheit. Du neigst dazu, allgemeine Dinge zu sagen, aber vermeidest es, mir eine vollständige Erklärung zu geben."

„Wir haben etwas aktiviert, das eigentlich nur bei Orks vorkommen sollte."

„Die Sache mit dem Schicksalsgefährten." Sollte ich überrascht sein? Kein Wunder, dass ich nicht die Finger von ihm lassen konnte.

„Ja, aber ich versichere dir, es ist nicht dauerhaft."

„Es steht in meinen Büchern." Ich schritt wieder auf ihn zu.

Er wich zurück, bis er gegen die Küchenwand stieß. „Solange wir keinen vollständigen Sex haben ..."

„Du meinst mit Penetration?"

Sein Schwanz stieß gegen die Vorderseite seiner Hose.

Und unter den Symbolen an seinen Handgelenken flackerten immer wieder Lichter, die mich in ihren Bann zogen.

„Ja, Penetration", erwiderte er.

„Du meinst, solange wir es nicht tun, wird die Verbindung nicht gefestigt?"

„Genau."

„Wir könnten uns immer noch küssen und berühren. Ich könnte dir einen blasen und du könntest das Gleiche tun, ohne dass es für immer wäre."

„Ich denke schon", knurrte er und stürmte plötzlich auf mich zu.

Ich kam ihm auf halbem Weg entgegen und stieß mit ihm zusammen.

Er klammerte sich an meine Arme. „Also keine Penetration kapiert?"

„Ich finde die Idee der Penetration zwar toll", insbesondere seine Penetration. Ich hatte nicht die besten Erfahrungen mit anderen Männern gemacht. „Aber ich kann darauf verzichten, wenn es sein muss."

Er hob mich hoch, bis wir auf Augenhöhe waren. „Ergibt das jetzt Sinn?"

Kaum fähig zu denken, nickte ich. Ich holte tief Luft und sog seinen Duft ein, und er tat dasselbe.

„Du bist erregt", sagte er.

„Ich kann es nicht ändern."

„Es ist die Verbindung."

„Bist du dir da sicher? Ich glaube, du bist es Vrok. Du pur. Du machst mich mit einem einzigen Blick an."

„So etwas solltest du nicht sagen", brummte er.

„Warum nicht?"

„Weil ich mich dann nicht mehr davon abhalten kann, das zu tun."

Er drehte sich um und drückte mich gegen die Wand.

Ich schlang meine Beine um ihn, als er mich hielt.

Er bewegte seine Hüften und rieb seine harte, dicke Länge über meine Falte.

Unser Höhenunterschied war ziemlich komisch. Um eine Verbindung zu schaffen, starrte ich auf seine Brust, während er einen tollen Blick auf die Wand über meinem Kopf hatte.

„Du hast deine Kleidung durchtränkt", knurrte er, während er weiter rieb. „Es sickert durch deine und in meine."

„Ist das etwas Schlimmes?"

„Fuck nein."

Ich stöhnte vor Erregung und drückte mich gegen ihn und drehte mich, um sicherzugehen, dass jeder seiner Stöße meine Klit genau richtig traf. Ich klammerte mich an sein Shirt und weigerte mich, ihn loszulassen, aber er machte keine Anstalten, sich zurückzuziehen.

Er stützte meinen Hintern mit seinen Handflächen ab und beschleunigte sein Tempo, seine Hüften stießen gegen mich und drückten seinen Schwanz fest an mich. Er knurrte und stöhnte, was meinen Puls nur noch beschleunigte.

Die Symbole auf meinen Handgelenken leuchteten hellgrün, genau die Farbe seiner Haut.

Er knurrte und bewegte sich schneller, seine Hüften krümmten sich, als er gegen meine Klit stieß.

Wimmernd riss ich sein Hemd hoch und entblößte seine straffe grüne Haut. Schöne Bauchmuskeln. Schöne Brust. Wunderbare Schultern und Arme. Ich saugte an einer Brustwarze, dann an der anderen, und sie wurden hart.

Mein Körper spannte sich an und mein Orgasmus stieg mit jeder Welle an, bis ich wie ein Tsunami an die Küste drang und den halben Kontinent überrollte.

Ein Schauer durchfuhr mich und ich klammerte mich an ihn, während ich immer wieder stöhnte.

Er stöhnte ebenso und sein Schwanz zuckte in seiner Hose. Er drückte fester und presste sich gegen mich.

Mein Körper gab wieder nach und flog den ganzen Weg zu den Sternen.

Unsere Bewegungen verlangsamten sich und ich drückte mein Gesicht an seine nackte Brust, mein Atem ging stoßweise.

„Wir müssen verhindern, dass so etwas passiert", sagte er mit heiserer Stimme.

„Wir hatten keine Penetration."

„Ich will dich hart ficken, bis du kommst."

„Wenn du weiter solche Sachen sagst, ziehe ich mich aus, klettere in dein Bett und ziehe dich mit mir mit."

„Ich werde dich nicht herausfordern." Sein Kichern ertönte leise und tief. Der berauschende Klang ließ die Symbole auf meinen Handgelenken wieder aufflackern, bevor sie sich zu einem blassen Grün zurückzogen. Winzige gelbe Blüten hatten sich in der Nähe der Ranken gebildet, dazu neue grüne Blätter. Ich hatte das Gefühl, dass das etwas zu bedeuten hatte, aber ich war zu sehr auf das zufriedene Summen meines Körpers konzentriert, um es zu erwähnen.

Ich ließ meine Beine seitlich an seinen Oberschenkeln hinuntergleiten und stellte meine Füße auf den Boden, sodass sein Shirt wieder über seine Bauchmuskeln fiel. Es war eine Schande, sie zu bedecken, wenn ich sie immer noch lecken wollte.

„Wir bewegen uns auf dünnem Eis", sagte er. „Wir müssen uns von nun an voneinander fernhalten."

Was, wenn ich mich nicht fernhalten wollte?

„Ich brauche noch Hilfe bei meinem Buch", erwiderte ich.

Er stöhnte und fuhr sich mit den Krallen durch die Haare.

„Schneidest du sie manchmal?", fragte ich.

Seine Hand hielt inne. „Was?"

„Dein Haar." Ich schnippte mit den Fingern in diese Richtung. „Krallen. Schneidest du dir versehentlich die Haare, wenn du mit den Krallen durch sie fährst?"

Er runzelte die Stirn. „Warum sollte ich?"

Ich schüttelte den Kopf. „Okay, vergiss das. Zurück zum Buch. Wir könnten an der Trennungsszene arbeiten. Das sollte uns nicht zu viel abverlangen."

„Warum eine Trennung? Ich dachte, du schreibst Romanzen."

„Schon, aber die meisten Romanzen haben einen dunklen Moment."

Er legte den Kopf schief. „Warum?"

War ihm bewusst, dass er mein Haar befummelte, indem er mit dem Daumen über ein paar Strähnen strich, immer und immer wieder? Es liegt mir fern, ihn darauf hinzuweisen. „Ein dunkler Moment ist ein Moment, in dem das Paar seinen inneren Konflikt austestet. Er gibt ihnen die Chance, das zu überwinden, was sie zurückhält."

„Was könnte sie zurückhalten?"

Würde ich es wagen? Klar, warum nicht? „Tun wir so, als ob er in der Vergangenheit von jemandem verletzt worden wäre." Ich traute mich nicht so recht, von Vrok zu sprechen. „Sagen wir ... seine Eltern haben ihn im Stich gelassen. Er könnte es vermeiden, jemanden zu lieben, damit sie ihn nicht verlässt und noch mehr Schmerz verursacht."

„Klingt einfach, aber dumm von ihm."

„Du weißt ja, wie die Leute sind."

Seine Schläfe begann zu zucken. „Ich nehme an, das tue ich."

„In einem dunklen Moment könnte sie etwas tun, das ihn glauben lässt, sie wolle ihn verlassen, und als reflexartige Reaktion beendet er die Beziehung und zieht sich zurück. Ich persönlich versuche, die klischeehaften dunklen Momente wie diesen zu vermeiden, weil es sich dabei oft um schlechte Kommunikation handelt. Ich ziehe es vor, stattdessen einen der beiden fast zu töten."

Sein Lachen brach aus. „Ja, der Tod wäre ein dunkler Moment."

„In dem Verlassens-Szenario, über das wir sprechen, nutze ich einen solchen Moment, um ihm die Chance zu geben, zu erkennen, dass er sie verlieren wird, wenn er nicht versucht, die Dinge zum Guten zu wenden. Der dunkle Moment kommt gegen Ende des Buches, gefolgt von einem

"Happy for now" oder einem "Happy ever after". Das ist die Regel in Liebesromanen."

„Was ist, wenn einer von ihnen stirbt?"

„Dann ist es kein Liebesroman, sondern eine Tragödie und ich hintergehe meine Leser nicht, indem ich mich umentscheide."

„Ich verstehe." Er schien nachdenklich zu sein.

Ich hatte Mühe, nicht auf den riesigen feuchten Fleck vorne auf seiner Hose zu starren. Wie viel Sperma konnte ein Ork produzieren?

Das musste ich nachschlagen, sobald ich zu Hause war.

KAPITEL 9

vrok

„Wir sind im Geschäft", sagte ich Nyxor zwei Tage später am Telefon.

Zum Glück hatte sich Seyla ferngehalten; als ich sie bei der Arbeit in ihrem Vorgarten erwischte - in Shorts und einem knappen Top – starrte ich sie länger als zehn Minuten an.

Mein Ständer wurde schwächer, als ich mich vom Fenster entfernte.

„Wann hast du einen Termin bei Monster Mingle?", fragte ich meinen Freund.

„Zu spät, Kumpel", erwiderte er. „Ich war gestern dort; Granny Vi und Onkel Bub haben mich mit drei Frauen verkuppelt. Mein erstes Date ist heute Abend."

„Willst du ein Doppeldate?"

„Erstmal nicht, aber vielleicht melde ich mich bei dir, wenn die Dinge nicht gut laufen."

„In Ordnung."

„Schau doch selbst mal bei Granny Vi vorbei", sagte er. „Ich nehme an, du und Seyla versteht euch nicht so gut?"

Ich knurrte.

Er lachte. „Oder doch. Lass mich raten, ihr beide habt euch der Paarung hingegeben."

„Wir haben nicht ..." Ich benutzte das Wort Penetration nicht gegenüber meinem Freund. Es gab eine Grenze und die würde ich nicht überschreiten.

„Warum gehst du nicht mit ihr aus? Um zu sehen, ob da mehr ist?", fragte er.

„Weil ich niemanden daten will. Ich werde mein Herz keiner Frau mehr anvertrauen."

„Warum willst du dann zu Monster Mingle?"

„Ich brauche eine Ablenkung."

„Ich denke, du solltest die Sache mit Seyla weiterverfolgen."

„Das mache ich nicht", brüllte ich und senkte dann meine Stimme. „Tut mir leid. Ich wollte dich nicht anschreien."

„Du bist frustriert. Ich nehme an, das liegt an dem Paarungsband, der in dir tobt. Ich habe gestern Abend im Internet ein wenig darüber gelesen. Diese Chemikalien richten bei dir ein Chaos an, mein Freund. Du könntest genauso gut lächeln und nachgeben, vor allem, wenn sie ebenso interessiert ist."

Sie war mehr als interessiert.

„Ich werde nicht nachgeben." Ich blieb stur, was untypisch für mich ist.

Er seufzte. „Wenn du es sagst. Hey, ich muss los. Lass mich wissen, wie es bei Monster Mingle läuft."

„Das werde ich."

Ich legte auf und wählte die Partnervermittlung an.

„Traum-Dates gibt es nur hier", rief Granny mit fröhlicher Stimme. „Herzlich Willkommen bei Monster Mingle. Wie können wir helfen?"

„Hier ist Vrok Tregartill. Ich würde gerne einen Termin vereinbaren."

„Hast du Zeit, heute Nachmittag vorbeizukommen? Wir hatten eine Stornierung. Ein Vogelmann hat in letzter Minute abgesagt. Er hat sein Match heute Morgen mit einem Naga gefunden und will seine Naga nicht verärgern. Ich schätze, der Biss einer Nagas kann tödlich sein."

Ich blinzelte kurz, um die Vorstellung zu verarbeiten, dass ein Vogelmann und eine Naga zusammenkommen könnten. „Um wie viel Uhr?"

„Drei?"

„Also gut drei Uhr." Ich beendete den Anruf und ging in mein Büro. Doch als ich mich hinsetzte, konnte ich mich nicht mehr konzentrieren.

„Ich betrüge Seyla nicht, indem ich zu einer Partnervermittlung gehe", sagte ich und warf meinen Stift auf meine Papiere.

Merith hörte meine Stimme, stürzte in mein Büro und landete heftig auf meinem Schreibtisch. Sie schlitterte über die Oberfläche, fegte Papiere weg und konnte sich gerade noch mit ihren flatternden Flügeln abfangen. Die Papiere segelten auf den Boden. Schon wieder.

Mit einem Seufzer hob ich sie auf. „Du musst deine Landungen üben Kleines. Du kommst viel zu schnell angeflogen."

Sie krächzte und schlug mit den Flügeln, bevor sie sich wieder niederließ und ihre Aufmerksamkeit auf mich richtete.

Draußen warf jemand einen Unkrautvernichter an, dessen surrendes Geräusch uns völlig ablenkte.

Ich gab meinen Papierkram auf und lehnte mich in meinem Stuhl zurück.

Merith hob ab und flog aus dem Zimmer. Als sie an der Hintertür kratzte, stand ich auf, um sie hinauszulassen.

„Bleib in der Nähe", ermahnte ich. „Ich habe einen Termin in ..." Ich schaute auf die Uhr, „fünfundzwanzig Minuten".

Sie warf mir einen seltsamen Blick zu, bevor sie zum Rasen flog. Sie kratzte am Boden, pickte, um Käfer zu verschlingen.

Ich saß auf der Hintertreppe.

Der Unkrautvernichter kam näher, und ich musste nicht in diese Richtung schauen, um zu wissen, wer das Gerät bedient. Seyla arbeitete wieder in ihrem Garten. Hatte sie denn nichts Besseres zu tun? Gut, dass wir den Zaun hatten, der uns voneinander trennte. Nicht, dass ich nicht darüber springen könnte, wenn ich es wollte - was ich auch tat.

Hatte sie sich umgezogen?

Ich stand auf, ging zu meinem Zaun und spähte durch einen schmalen Spalt zwischen den Holzlatten.

Seyla trug lärmreduzierende Kopfhörer, über die sie wohl Musik hörte, denn sie huschte über den hinteren Teil ihres Gartens und hackte mit ihrem Gerät hohes Gras ab, während sie tänzelte.

Sie trug ein weißes Sommerkleid mit großen gelben Blumen, dass ihre Beine lang und umwerfend aussehen ließ. Der Rock schwang mit ihren Bewegungen mit und glitt an den Rückseiten ihrer Oberschenkel entlang.

Mein Schwanz wurde hart, er spürte, dass etwas im Gange war und ich musste nicht auf meine Handgelenke schauen, um zu wissen, dass die grünen Ranken aufflackerten.

Ich wich vom Zaun zurück, drehte mich um, rannte halb in mein Haus und schlug die Tür hinter mir zu. Ich schloss sie sicherheitshalber ab.

Als ich merkte, dass es Zeit war, in die Stadt zu fahren, schritt ich den Flur entlang und schnappte mir im Vorbeigehen die Schlüssel vom Tisch.

Ich joggte zu meinem Truck, der in der Einfahrt stand, ging hinein und ließ den Motor an.

Es dauerte nicht lange, bis ich die Innenstadt erreichte und ich parkte nicht weit vom Eingang zum Monster Mingle.

Als ich aus meinem Truck ausstieg, öffnete sich die Vordertür und etwas Goldenes flog heraus.

Ein Kobold? Ich nahm an, dass sie auch Dates haben, obwohl sie furchtbar klein waren. Ich mochte meine Frauen in Seyla-Größe. Zierlich im Vergleich zu meiner Ork-Statur, aber nicht so klein, dass wir nicht zusammenpassen würden. Nicht, dass ich vorhatte, mit jeder zu schlafen, mit der Vi mich verkuppelte.

Aus irgendeinem Grund fühlte sich das auch wie Verrat an.

Murrend öffnete ich die Eingangstür von Monster Mingle und trat ein.

„Pünktlich auf die Minute", rief Granny Vi aus einer offenen Tür, die sich in einem Gang hinter dem leeren Empfangsbereich befand.

„Komm rein, mein Junge", meldete sich Onkel Bub aus dem Büro. „Lass dich nieder und wir machen dich startklar.", gackerte er. „Kapiert Vi? Wir machen dich startklar. Das hat eine doppelte Bedeutung."

„Das hat es Bub. Das hat es", erwiderte sie.

Ich ließ mich in den Sessel gegenüber ihrem großen Schreibtisch sinken und genoss die leichte Sommerbrise, die durch die Vorhänge am Fenster wehte, sowie die liebevollen Blicke, die sie sich zuwarfen.

Vi trug ein leuchtend orangefarbenes Kleid und Bub einen blauen Anzug mit einer passenden orangen Fliege.

„Was können wir für dich tun?", fragte Granny Vi.

„Ich würde gerne ein paar Frauen kennenlernen, ein oder zwei Dates haben", erwiderte ich.

„Wunderbar." Granny Vi klatschte. Sie zog ihre Tastatur näher heran und blickte stirnrunzelnd auf den Monitor. „Lass uns deine Grundkriterien durchgehen, ein paar Details hinzufügen, die zeigen, wer du wirklich bist, und sehen, was mein magisches Gerät herausfindet."

„Magisch?", fragte ich. Soweit ich weiß, verbietet der Vertrag zwischen Monstern und Menschen die meiste Magie, obwohl einfache Zaubersprüche erlaubt sind.

„Tylik hat uns mit einem schönen Zauber geholfen", sagte sie und strahlte. „Er hat ihn auf den Computer gesprochen. Nur ein kleiner Liebestrank."

„Du wirst überrascht sein, wie genau unsere Matches jetzt sind", unterbrach Onkel Bub. „Sie sind nahezu perfekt."

„Oh definitiv perfekt", erwiderte Granny. Ihr Blick schweifte zu einem Regal an der Wand. „Ach Bub, es ist nur noch eine Tüte übrig und ich vermute, Vrok könnte bald eine gebrauchen." Mit ihrem Ellbogen stupste sie Bub an. „Wir müssen mehr Tüten zusammenstellen." Sie zwinkerte mir zu. „Jedes erfolgreich vermittelte Paar erhält von uns eine Geschenktüte. Wir haben einen mit deinem Namen drauf, sobald du den Antrag gestellt hast, also komm dann wieder her."

„Ich mache niemandem einen Antrag." Warum stellte ich mir Seyla in einem prächtigen Kleid vor, wie sie zum Altar schritt und neben mir stand? Orks heirateten nicht auf diese Weise; unsere Beziehungen waren abgeschlossen, sobald wir uns vollständig verbunden hatten. Aber den Menschen gefielen der Prunk und die Blumen und ich war sicher, Seyla würde es ähnlich gehen.

Ich knurrte und wünschte, ich könnte aufhören, an sie zu denken.

„Vi kennt die richtigen Sextoys für die Flitterwochen", freute sich Bub und zwinkerte ebenfalls.

Meine Haut kribbelte; die Symbole an meinen Handgelenken funkelten, bevor sie sich wieder auf ein leises Köcheln einstellten.

„Was wollt ihr über mich wissen?", fragte ich.

Sie gingen allgemeine Fragen durch, die zu jeder Partnervermittlung passen würden, bevor sie auf die Besonderheiten meiner Suche eingingen.

„Beliebiger Körperbau?", fragte Granny, während ihre Finger über die Tastatur glitten.

„Ich mag Frauen mit großzügigen Kurven", erwiderte ich und dachte dabei an Seyla.

„Eine Frau also. Männer, wenn sie passen?", fragte Bub.

„Ich schätze, ich bin hetero."

„In Ordnung." Vi schielte auf den Computerbildschirm. „Du bist groß für einen Ork. Spielt Größe eine Rolle?"

„Klein wäre schön. Der obere Teil ihres Kopfes könnte etwa bis hierher reichen." Ich machte eine schneidende Bewegung an meiner Brustwarzen-Linie. Ich musste daran denken, wie Seyla an ihnen gesaugt hatte. Diese einfache Geste ließ mein Sperma aus mir herausschießen und sprengte die Vorderseite meiner Hose.

Ich musste aufhören, daran zu denken.

„Wir wissen, dass die körperliche Beschreibung nicht das Einzige ist, was zählt", sagte Bub. „Irgendwelche besonderen Persönlichkeitsmerkmale, die dir wichtig sind?"

„Einen guten Sinn für Humor." Ich runzelte die Stirn und dachte nach. „Es wäre schön, wenn sie Romantik mögen würde."

„Lesen oder leben?", fragte Granny Vi.

„Warum nicht beides?"

„Genau", erwiderte sie mit einem gebissfüllenden Grinsen.

„Treibst du viel Sport?", fragte Bub und starrte auf den Bildschirm.

Ich stellte mir all die Aktivitäten vor, die ich gerne mit Seyla machen würde. In meinem Bett. Auf der hinteren

Terrasse, unter den Sternen. Das Gras würde sich wunderbar an meinem Hintern anfühlen, während sie mich ritt.

Mein Schnauben ertönte. Warum konnte ich nicht aufhören, an sie zu denken?

„Ich möchte aktiv bleiben", sagte ich.

„Oh!" Granny Vi's Wort wurde von einem Ping des Computers unterbrochen. „Das ging aber schnell. Wir haben ein Match. Wir haben eine Übereinstimmung!"

Der Drucker an der Seite des Schreibtisches begann zu surren und ein Blatt Papier rutschte heraus.

„Hier ist sie", freute sich Bub, stand auf und nahm das Blatt. „Du kannst dich glücklich schätzen." Er reichte es mir.

Seyla Felicia Anderson.

Ich warf das Papier zurück; es rutschte über den Schreibtisch und flatterte gegen die Wand neben Onkel Bub. „Jemand anderes bitte."

War Seyla bei Monster Mingle? Wann war sie hier, um einen Partner zu finden, und wie viele Dates hatte sie bereits gehabt?

„Der Computer ist mit einem Zauberspruch versehen", grummelte Granny Vi und schüttelte mir streng ihren faltigen Finger entgegen. „Er wird dich nur mit dem Partner deiner Träume zusammenbringen."

„Ich träume nicht von Seyla." Nicht zu viel.

„Ich nehme an, wir können sie von den Ergebnissen ausschließen", erklärte Bub mürrisch. „Ich kann nicht glauben, dass du ein magisch hergestelltes Match ablehnst."

„Sie ist meine Nachbarin", erwiderte ich, als ob das schon Grund genug wäre, nicht mit ihr auszugehen.

„Ihr könntet eure Grundstücke zusammenlegen", sagte Granny.

„Könntet ihr mir jemand anderes suchen?", fragte ich. „Bitte?"

Jeder, nur nicht die Frau, an die ich immerzu denken musste.

„Nun gut", seufzte Bub. Er lehnte sich um Granny Vi herum und tippte auf die Tastatur. „Sie wird sich nicht an dieser neuen Suche beteiligen."

Ein weiterer Ping ertönte und der Drucker warf ein zweites Blatt Papier aus.

Granny griff um Bub herum, um es aus dem Drucker zu ziehen und reichte es mir.

Seyla Felicia Anderson.

Mit einem Knurren erhob ich mich und verließ ihr Büro.

KAPITEL 10

Seyla

Als ich mit dem Unkrautjäten fertig war und meine Ausrüstung in meinem kleinen Schuppen verstaute, landete Merith auf meiner Schulter. Sie sträubte ihre Flügel, setzte sich und begann zu schnurren.

„Oh hallo Kleines", sagte ich und streichelte ihre prächtigen Flügel.

Sie lehnte ihren Kopf gegen meine Hand, ihr Schnurren wurde lauter.

„Es ist zwar schön, dich zu sehen, aber weiß Vrok, dass du mich besuchst?" Mein Nachbar passte gut auf seine Dragonette-Freundin auf. Er war ein wunderbarer Tierhalter. „Vielleicht sollte ich dich zu ihm zurückbringen."

Ich ging in mein Haus, um mir erst einmal einen Schluck Wasser zu holen.

Sriracha stürmte den Flur entlang und miaute Merith an, die herunterflog, um meine Katzenfreundin zu begrüßen.

Als das Brummen eines großen Motors von der Straße

her ertönte, ging ich zu meiner Haustür und spähte durch das hohe Fenster an der Seite der Tür.

Vrok parkte seinen Truck, stieg aus und ging ins Haus.

Merith flog hoch und landete auf meiner Schulter, wobei sie ebenso eifrig aus dem Fenster schaute wie ich.

Sriracha schlenderte den Flur entlang. Er schaffte nur die Hälfte des Weges, bevor er auf den Boden plumpste. Er rollte sich auf den Rücken und bettelte um eine Streicheleinheit für den Bauch.

Merith schnurrte und rieb ihren Kopf an meiner Wange.

„Du musst geflohen sein, du durchtriebene Dragonette", gurrte ich dem sich aufplusternden Geschöpf zu. „Ich muss dich nach Hause bringen, bevor er sich Sorgen macht."

Weil wir wieder über die Arbeit an meinem Buch gesprochen hatten, schnappte ich mir mein Handy.

Vrok hatte das Tor auf seiner Seite verschlossen, aber nur mit einem Haken und einer Öse. Ein dünner Stock, der von unten heraufgeschoben wurde, erledigte dieses kleine Problem.

Ich ging die Hintertreppe hinauf, überquerte die Terrasse und klopfte an seine Tür.

Er blickte finster durch die Glasscheibe, aber seine Augen weiteten sich, als er Merith auf meiner Schulter sitzen sah.

„Lockst du meine Dragonette an?", fragte er, nachdem er die Tür geöffnet hatte.

Mit einem schweren Seufzer schob ich mich an ihm vorbei und schritt den Flur entlang zu seiner kleinen

Küche. Der Grundriss war derselbe wie meiner, genauso wie das Äußere unserer Häuser, zwei von einer langen Reihe in dieser Straße.

Merith sprang von meiner Schulter und flog zurück in den Flur.

„Ich bin keine Elfe oder ein Kobold", betonte ich. „Ich kann niemanden dazu verleiten, etwas zu tun, was er nicht will."

Sein finsterer Blick verstärkte sich.

Ich hielt meine Hand hoch. „Und nein, ich habe dich nicht verzaubert." Ich griff nach vorne und stupste auf eines der Symbole an seinem Handgelenk. „Du bist derjenige, der uns in diese Ork-Ehe hineingezogen hat."

„Wir sind nicht verheiratet."

„Schön, dass du darauf hinweist." Ich war mir nicht sicher, warum sich meine Stimmung ihm gegenüber verschlechtert hatte. Vielleicht, weil er mich verärgert hatte, als er mir sagte, ich solle mich von ihm fernhalten, als wäre ich der einzige Teil unserer gegenseitig befriedigenden Bums-Session an der Wand.

Es war schwer, eine positive Einstellung mit einem Kerl aufrechtzuerhalten, der ständig murrte und mich wegstieß.

„Es tut mir leid." Seine Schultern entspannten sich. „Mir ist klar, dass du das genauso wenig gewollt hast wie ich. Wir stecken da zusammen drin, nehme ich an."

„Merith ist auf meiner Schulter gelandet, als ich meinen Unkrautvernichter wegräumen wollte. Ich habe sie nur zurückgebracht."

„Das war ein großer Fehler von mir", sagte er. „Ich war so abgelenkt, dass ich in die Stadt gefahren bin und völlig vergessen habe, dass ich sie rausgelassen hatte. Danke, dass du auf sie aufgepasst hast."

„Das macht mir nichts aus. Sie ist eine süße Dragonette."

„Meine Eltern ziehen sie auf; sie sind selten. Ein Paar legt im Laufe seines Lebens vielleicht nur zwei oder drei Eier und es ist üblich, dass nur eines oder zwei heranreifen."

„Merith ist etwas Besonderes."

Er schenkte mir ein leichtes Lächeln. „Willst du mit ins Wohnzimmer kommen? Wir können uns unterhalten. Jemand, den ich kenne, hat mir tolle Kekse mitgebracht, und ich will sie nicht alleine essen." Er tätschelte seinen Waschbrettbauch.

Komisch, dass er nur ein bisschen nett zu mir sein musste, damit ich mich wie Merith aufplustere und nach Streicheleinheiten giere.

Ich mochte Vrok. Es wäre dumm von mir, sein Angebot abzulehnen.

„Hol die Kekse, und ich bringe Gläser mit Wasser", erwiderte ich.

Er nahm die Keksdose vom Tresen, während ich an der Spüle Gläser befüllte. Ich folgte ihm durch den Flur ins Wohnzimmer, wo wir uns auf dem Sofa niederließen.

„Bist du sicher, dass du dich traust, so nah bei mir zu sitzen?" Ich musste fragen.

„Ich komm klar." Sein begieriger Blick traf meinen und brachte meinen Bauch zum Flattern.

„Ich habe mein Handy dabei." Ich hielt es hoch. „Wir könnten einen weiteren Part meines Buches durchgehen, wenn du Zeit hast."

„Keinen erotischen Part."

Ein Großteil meines Buches war erotisch, aber das wollte ich nicht betonen. „Erotik ist eine Frage der Perspektive." Das war neutral genug.

Auf sein vorsichtiges Nicken hin blätterte ich in meinem Buch bis zu dem Abschnitt, den ich für überarbeitungsbedürftig hielt. „In diesem Teil ist der Sturm also voll über sie hereingebrochen."

„Ich nehme an, sie sind zusammen gefangen."

„In seiner gemütlichen Blockhütte. Der Strom ist ausgefallen und er macht ein Feuer im Holzofen. Sie kommen gerade vom Holzholen zurück und sind beide vom Regen bis auf die Knochen durchnässt."

Er grinste. „Das ist clever von dir."

„Was meinst du?"

„Ich nehme an, sie müssen ihre nassen Sachen ausziehen."

„Ja, darum geht es, nehme ich an. Erotik ist fast garantiert, aber in dieser Szene geht es um mehr als das. Sie kommen sich näher und es ist eine Chance für ihn, Fürsorge zu zeigen, nicht nur sexuelles Verlangen."

„*Sehr* weise."

Ich legte den Kopf schief und sah zu, wie er einen Keks mit zwei Bissen verschlang. „Liest du oft Liebesromane?"

„Einige. Ich mag die erotischen Stellen genauso wie alle anderen", sagte er und sein Lächeln wurde breiter.

„Viele Leser lieben sie. Sie sind nicht überflüssig. Sie tragen dazu bei, die Romanze zu verstärken. Als Autorin benutze ich sie, um die Bindung zwischen dem Paar deutlich zu machen. Manche Autoren zeigen das Paar schon am

Anfang des Buches beim Sex und auch das hat seine Berechtigung. Du weißt schon, ein Verlangen, das so explosiv ist, dass sie von dem Moment an, in dem sie sich treffen, nicht mehr die Finger voneinander lassen können." Ich hustete und hoffte, dass er nicht dachte, ich würde uns meinen.

Obwohl wir eine explosive Romanze hatten und uns schnell in die Intimität gestürzt *hatten*, könnte das an der Ork-Bindung liegen.

„Vielleicht würden wir uns ohne die Symbole nicht wollen", murmelte ich.

„Vielleicht." Er deutete mit dem Keks auf mein Handy. „Lies die Szene und ich sage dir, ob ich denke, dass sie geändert werden muss."

Ich räusperte mich und starrte auf meinen Bildschirm. „Sie atmet schnell, weil sie eine Menge Holz ins Haus getragen hat und das macht ihn irgendwie fertig."

„Warum?"

"Weil er sie nicht gerne hart arbeiten sieht. Er will sich um sie kümmern."

„Das verstehe ich."

Ich schenkte ihm ein Grinsen. „Hattest du Lust, mein Unkrautjäten zu übernehmen, als du vorhin durch den Zaun geguckt hast?"

„Du hast es bemerkt."

„Nur ganz vage." Eigentlich war ich mir Vrok die ganze Zeit über bewusst. Ich hatte das Gefühl, das ich ihn fast atmen hören konnte, wenn ich nachts in meinem Bett lag, obwohl er ein ganzes Gebäude entfernt war.

„Dein Garten sieht fantastisch aus. Ich muss mehr an meinem arbeiten."

„Ich liebe es, mein eigenes Haus zu haben. Bis jetzt habe ich in Wohnungen gelebt. Aber meine Bücher laufen gut und ich habe einen Großteil meines Einkommens gespart."

„Es ist erstaunlich, dass man als Schriftsteller seinen Lebensunterhalt verdienen kann."

„Das ist nicht üblich. Ich habe unglaubliches Glück gehabt." Ich versteifte meine Wirbelsäule. „Eigentlich geht es nicht nur um Glück. Ich arbeite hart und das zahlt sich aus."

„Es scheint dir Spaß zu machen."

„Ich liebe es. Wer würde nicht gerne den ganzen Tag lang Geschichten erfinden?" Aber genug von mir. Ich hielt mein Handy hoch und las aus meinem Buch vor. „Das ist aus ihrer Sicht."

„Du hättest das Holz nicht tragen sollen.", las ich. *Er hob mich hoch und trug mich zum Sofa hinüber, stellte mich aber daneben auf die Füße. Er zog mir Hemd und Hose aus und berührte mich mit der Zärtlichkeit eines fürsorglichen Elternteils.*

„Elternteil?", fragte Vrok.

„Es beweist Fürsorge und dass es nicht um Sex geht."

„Glaub mir, wenn er ihr die Kleider auszieht, geht es um Sex."

„Ich bin sicher, dass es bis zu einem gewissen Grad so ist, aber in diesem Teil der Szene geht es nicht um Sex."

Er schnaubte.

„Siehst du mich sexuell an?", fragte ich fest entschlossen, ihm zu beweisen, dass Männer Frauen nicht immer so sehen, jedenfalls nicht, wenn sie etwas tun, das nichts mit Sex zu tun hat.

„Ich versuche es nicht zu tun", sagte er mit einem Zucken.

„Oh Scheiße, bitte sag mir nicht, dass du gerade einen Steifen bekommst."

„Ich bin mir nicht sicher, ob ich dir das sagen kann."

„Herrje Vrok. Ich lese aus meinem Buch. Das ist eine ernste Szene." Ich mag streng klingen, aber innerlich musste ich kichern. Er war zu niedlich. Und es machte mir nichts aus, dass er allein durch meine Anwesenheit erregt war.

Ich habe mich in ihn verliebt, obwohl es der größte Fehler meines Lebens sein würde. Sprach da die Bindung aus mir? Vielleicht ein bisschen, aber ich hatte ihn schon gemocht, bevor die Symbole auf meinen Handgelenken erschienen. Und sie waren auch nicht da, als er seine Finger in mich stieß, während ich mich für ihn auf dem Tresen ausbreitete.

Etwas, das ich jetzt gerne tun würde.

„Sieh mich nicht so an Seyla", sagte er warnend und lehnte sich von mir weg.

„Wie denn?"

„Als würde ich deinen Körper mit meiner Berührung zum Pulsieren bringe."

„Ich bin mir nicht sicher, ob ich dir sagen kann, dass es nicht so ist", erwiderte ich und warf ihm seine eigenen Worte entgegen.

„Seyla." Er strich mir die Haare aus dem Gesicht, nahm mein Handy und legte es auf den Tisch vor dem Sofa. Er beugte sich vor und küsste mich sanft, so zärtlich, dass sich mein Herz zu einem Knoten verdrehte.

Als er den Kopf hob, blieb sein Blick auf dem meinen

haften. Er ließ seine Fingerknöchel über meinen Nacken gleiten, sodass meine Haut kribbelte.

„Was soll ich mit dir machen?", fragte er.

Liebe mich, wollte ich sagen, aber das wäre übertrieben.

„Ich sollte gehen", erwiderte ich, machte aber keine Anstalten, vom Sofa zu rutschen, als seine Fingerknöchel sich weiter nach unten bewegten und zwischen dem Dekolleté, das durch mein Sommerkleid freigelegt wurde über eine Brust strich. Die Brustwarze zog sich zusammen und Feuer schoss bis in meine Leistengegend.

Ein Stöhnen entschlüpfte mir. „Sag mir, dass ich gehen soll." Wenn er das täte, würde ich versuchen zu gehorchen.

„Nur noch eine Sekunde." Er zog mein Sommerkleid nach unten und enthüllte meine Brüste. Da ich draußen und allein arbeitete, hatte ich keinen BH an. „Diese reife Knospe braucht etwas Aufmerksamkeit, meinst du nicht auch?"

Obwohl er mich beschuldigte, war er derjenige, der mich mit seiner sanften Stimme und seinen rauen Fingerknöcheln einlullte.

„Eine Kostprobe", sagte er und beugte sich vor, um meine Brustwarze in seinen Mund zu nehmen.

Als er mit seiner Zunge darüberfuhr, stöhnte ich auf. Ich wölbte meine Wirbelsäule und drückte ihm meine Brust entgegen.

Er ließ seine Hand an meiner Seite hinuntergleiten, umfasste eine Pobacke und drückte zu.

Ich ließ mich rückwärts auf das Sofa fallen und er folgte, zerrte und leckte an meiner Brustwarze.

Ich spreizte meine Beine weit. Was sonst?

Er massierte meine Oberschenkel mit sanften Kreisen und näherte sich langsam dem Punkt, an dem ich mich nach seiner Berührung sehnte.

Ein schneller Schnitt seiner Krallen durchtrennte meine Unterwäsche. Ich sollte protestieren, ihm sagen, dass er aufhören sollte, meine Kleidung zu zerschneiden, aber alles, woran ich denken konnte, war, wie sehr ich mich nach seinen Fingern in mir sehnte.

Nein, ich wollte seinen Schwanz in mir. Waren wir bereit, diesen letzten Schritt zu tun?

Ich vielleicht, aber es war klar, dass er es nicht war. Ich wollte für immer mit Vrok zusammen sein und ich würde es nicht verderben, indem ich einen einzigen Moment nachgab.

Er streichelte durch meine Nässe und stöhnte gegen meine Brust. Er verließ meine Brustwarze, entblößte die andere und schenkte ihr die gleiche Aufmerksamkeit. Die ganze Zeit über neckten seine Finger meinen Schlitz, glitten aber nie in mich hinein, berührten nie meine Klit.

Ich krümmte mich unter ihm und war bereits ein stöhnendes Wrack.

Als er mit gefühlten drei Fingern in mich eindrang, wimmerte ich vor Erregung.

Er pumpte in gleichmäßigem Tempo und trieb mich in den Wahnsinn.

Sein Daumen fand meine Klit und streichelte sie.

Mein Körper gab saugende Geräusche von sich - so wie sein Mund an meiner Brust. Ich genoss die Hitze und wie sehr sich mein Körper auf diesen Moment freute.

Er hob seinen Kopf und saugte weiter an meiner Brustwarze, während er mein Gesicht beobachtete. Seine Finger stießen tiefer und er grinste, als ich stöhnte.

Mein Körper stieg immer weiter in Richtung Gipfel, bevor er wieder nach unten rutschte.

Seine Finger wurden schneller und jedes Mal, wenn er sie herauszog, krümmte er sie, um meinen G-Punkt zu treffen.

Er drückte fest gegen meine Klit und fuhr mit seiner Klaue darüber.

Ich schoss durch das Dach. Durch die Wolken.

Verdammt, ich flog an der Raumstation vorbei.

KAPITEL 11

vrok

Ich hatte das Gefühl, ich würde Seyla nicht widerstehen können.

Aber mein Verstand sagte mir, dass ich aufpassen musste, sonst würde ich wieder verletzt werden. Ich musste sie wegstoßen.

Wir saßen auf dem Sofa, nachdem ich ihren Körper geliebt hatte; ich versuchte, meine Hand nicht zu heben und ihre Essenz von meinen Fingern zu lecken. Sie starrte auf den Teller mit den Keksen und atmete immer noch schnell.

Die Farbe machte ihre Wangen besonders hübsch. Ich mochte es, dass ich sie durcheinanderbringen, sie erröten lassen und ihr so viel Lust bereiten konnte.

Ich mochte es zu sehr.

„Wenn das so weitergeht, habe ich bald keine Unterwäsche mehr", seufzte sie.

Ich sollte nicht stolz darauf sein, sie zu schreddern, aber ich war es.

„Wir sollten zu Mystic Mixtures gehen", sagte ich.

„Tyliks magische Apotheke? Komisch, ich habe gehört, dass sie in der Hauptstraße ist, aber wenn ich sie suche, kann ich sie nicht finden."

„Sie ist von den Menschen abgeschirmt, aber ein paar haben den Weg hinein gefunden. Diejenigen mit Vorahnungen oder einem sechsten Sinn, nehme ich an." Ich schluckte, denn ich spürte, dass das, was ich zu sagen hatte, nicht gut ankommen würde. „Wir können ihn um einen Zauberspruch bitten, um diese Bindung zu brechen."

Sie blickte mich mit großen Augen an. „Ist es das, was du willst?"

Das war es, was ich brauchte. „Das, was ich will, kann hier nicht zur Sprache kommen."

„Warum nicht?" Ihr Kopf neigte sich, während sie mich beobachtete. „Muss das, was zwischen uns ist, denn kompliziert sein?"

„Ich will mit niemandem zusammen sein." Ich stand auf und begann, durch mein Wohnzimmer zu laufen.

„Also gut", sagte sie knapp und stand auf. „Ich will genauso wenig eine erzwungene Beziehung wie du."

„Willst du nicht?" Ich hielt inne und kratzte mich am Kopf. „Ich dachte, du wolltest mit mir zusammen sein."

Sie stand auf und hob ihr Kinn. „Vielleicht will ich es nicht mehr."

KAPITEL 12

Seyla

Das war eine Lüge.

Ich wollte mit ihm zusammen sein, als ich ihn traf. Es war wirklich ironisch. Regelmäßig warfen sich mir Typen an den Hals und ich war nicht wählerisch. Wenn ich jemanden mochte, habe ich ihn gedated.

Aber ich hatte mein Herz für einen besonderen Kerl aufgespart.

Ich dachte, das könnte Vrok sein, aber er schien unbedingt beweisen zu wollen, dass wir nicht zusammengehören. Ich würde nicht gegen ihn kämpfen. Wenn er nicht mit mir zusammen sein wollte, würde ich mich dazu bringen, mich nicht mehr darum zu scheren.

Es tat weh, aber was sollte ich sonst tun?

„Hast du jetzt Zeit, in die Stadt zu fahren, um die Zutaten für einen Zauberspruch zu besorgen, der das Ganze beendet?", fragte ich.

Er blinzelte mich an, sein Mund stand offen.

„Was? Glaubst du, ich werfe mich dir weiterhin an den

Hals, während du Dinge tust, wie das, was gerade passiert ist?" Ich wedelte mit der Hand in Richtung Sofa. „Und dann zuhören, wie du sagst, dass du nicht mit mir zusammen sein willst? Ich mag dich Vrok, aber ich brauche dich nicht."

Er starrte mich weiter an, offensichtlich fassungslos über meine Worte. Schließlich schüttelte er den Kopf. „Ja, ich kann in die Stadt fahren. Jetzt gleich, wenn du Zeit hast."

Ich schaute auf meine Kleidung. „Ich muss frische Unterwäsche anziehen."

„Ich kann warten."

„Vielleicht wird es für uns beide einfacher, wenn wir uns eingestehen, dass wir nicht zusammen sein wollen", bot ich ihm an, als er mir die Haustür aufhielt, damit ich hinausgehen konnte. Wir würden natürlich seinen Truck nehmen. Er würde nicht in meinen kleinen Kleinwagen passen.

„Vielleicht." Er beobachtete mich. Was hat er gesehen? Hoffentlich eine Frau, die sich Vrok Tregartill aus der Seele schrubben würde.

Merith stürzte durch die Öffnung und landete auf meiner Schulter. Sie rutschte dicht an meinen Hals heran und strich mit der Seite ihres Kopfes über mein Haar, sodass es durch die statische Aufladung um mich herumwirbelte.

Wenigstens mochte *sie* mich.

„Ich bin gleich wieder da." Ich eilte zu meinem Haus, Merith begleitete mich. Es dauerte nicht lange, bis ich einen BH, ein neues Höschen und ein Kleid angezogen hatte, das mich nicht daran erinnerte, dass Vrok es gerade bis zu meinen Brüsten heruntergezerrt hatte.

Als ich wieder draußen war, nahm Vrok mir Merith ab und brachte sie ins Haus. Da sein Wagen verschlossen war, wartete ich.

Als ich zurückkam, öffnete Vrok die Beifahrertür und hob mich hinein.

„Ich kann selbst hineinklettern", sagte ich.

„Ich möchte helfen."

„Warum?" Ich betrachtete sein Gesicht.

Er schien von dieser Geste ebenso verblüfft zu sein wie ich. „Ich wollte es. Es ist doch in Ordnung, oder?"

Ich zuckte mit den Schultern und meine Laune hellte sich auf, obwohl ich mir nicht sicher war, warum. „Klar. Kein Problem."

Er nickte langsam, während er die Tür schloss und auf die Fahrerseite ging. Nachdem er eingestiegen war, beugte er sich über mich und sicherte den Gurt.

„Das hätte ich auch tun können", grummelte ich.

„Ich verstehe nicht, was los ist." Er blinzelte mich an und runzelte die Stirn.

„Ist es die Bindung?" Das muss es sein. Er würde es nicht tun, weil er es wollte, nein, weil er es *musste*.

Es würde mir ganz und gar nicht gefallen, in einer Situation zu sein, in der eine Art genetisches Ding meine Handlungen kontrolliert. Mein Herz zog mich vielleicht zu Vrok, aber wenigstens war es keine chemische Reaktion, der ich nicht widerstehen konnte.

Vrok tat mir fast leid.

„Wir brechen das hier ab", sagte ich, während meine

Entschlossenheit in mir immer stärker wurde. „Dann wirst du dich nicht mehr gezwungen fühlen, solche Dinge zu tun."

„Du hast recht." Er schluckte. „Du bist umwerfend, weißt du."

Was hat eine solche Aussage in dieser Situation gebracht? „Danke."

„Wenn ich eine Beziehung haben wollte und nicht immer noch von Margie verletzt wäre, würde ich dich verschlingen."

„Das hast du bereits." Ich hatte das Bedürfnis, das zu betonen. „Oh, aber warte. Das bist nicht du. Das ist die Bindung."

Er starrte einen langen Moment lang auf die Markierungen an seinen Handgelenken, bevor er sich anschnallte. „Du hast recht. Es ist die Bindung."

„Je schneller wir es beenden, desto schneller können wir wieder Freunde sein. Vielleicht will ich dich nicht mehr, wenn es vorbei ist."

Er neigte seinen Kopf in meine Richtung. „Nicht? Funktioniert das bei Menschen so?"

Ich hielt meine Arme hoch und spannte die passenden Symbole an meinen Handgelenken an. „Vielleicht treiben sie mich genauso an wie dich. Wenn sie weg sind, denke ich vielleicht nicht mehr, dass du niedlich oder süß bist. Vielleicht will ich dann nicht mehr deinen Schwanz lutschen oder dich reiten, bis du mich mit Sperma füllst."

Er knurrte und bewegte sich in seinem Sitz. „Vielleicht solltest du solche Dinge nicht erwähnen."

„Tut mir leid." Ein Schnauben entschlüpfte mir.

„Eigentlich würde es die Dinge viel einfacher machen, wenn ich nicht so fühlen würde. Ich würde gerne meine Gefühle einfach abschalten können."

„Du hast recht", erwiderte er und fuhr rückwärts seine Einfahrt hinunter. „Ich würde sie gerne selbst abschalten."

Und das war das Problem hier. Würde das Entfernen der Bindung dazu führen, dass ich mich nicht mehr nach ihm sehne?

Es sah so aus, als würden wir das bald herausfinden.

Vrok parkte seinen Truck in der Stadt und lehnte sich über mich, um den Gurt zu öffnen.

„Ähm, versuch dich zu beherrschen!", sagte ich und hob meine Hände. Ich gluckste. Mein Herz sollte brechen, stattdessen fand ich es lustig.

„Ja, tut mir leid", erwiderte er mit einem Stirnrunzeln. Er stieg aus dem Fahrzeug aus, während ich meine Tür öffnete. Als er seine Hände ausstreckte, um mich aus dem Wagen zu heben, zog er sie wieder zurück. „Das ist so seltsam."

Ich trat mit ihm auf den Bürgersteig.

Wir gingen die Hauptstraße entlang und ich sah immer noch kein Schild für eine magische Apotheke.

Vrok blieb vor einem Backsteingebäude stehen und öffnete eine Tür, die nicht da zu sein schien, bis er sie berührte.

„Das war eine Wand", sagte ich, als ich eintrat. „Da war keine Tür."

„Du hast recht", schmunzelte er und folgte mir in die Apotheke.

Hm.

Ich hielt inne, schloss die Augen und sog den würzigen Kräuterduft ein, der in Reformhäusern üblich ist. Aber der Geruch war nicht das Einzige, das es wert war, überprüft zu werden. Ich schob mich vor Vrok in einen langen Gang, in dem die Regale auf beiden Seiten voll mit Flaschen und seltsam geformten, durchsichtigen Behältern mit buntem Zeug standen. Einige sahen aus wie die Kräuter, die ich kannte, aber andere enthielten Dinge, die in einem schwachen, magischen Licht leuchteten. Andere Gegenstände lagen in Behältern, von langen, schwarzen, stabähnlichen Dingen bis hin zu offenen Plastikbehältern mit runden, schimmernden gelben Kugeln.

Als ich die Hand ausstreckte, ergriff Vrok sie und zog meinen Arm zurück.

„Es ist besser, hier nichts anzufassen", grummelte er.

„Oh richtig", erwiderte ich voller Ehrfurcht. „Es ist erstaunlich."

„Das ist es. Es ist ein Ort, den nur wenige Menschen jemals zu sehen bekommen."

„Ich verstehe warum."

Mit seiner großen Handfläche auf meinem Rücken drängte er mich in den hinteren Teil des großen Raumes und zu einem Tresen.

Dahinter wuselte Tylik, der ein weißes Gewand trug, wie es für einen Apotheker üblich ist. Sein goldenes Haar, seine spitzen Elfohren sowie seine Größe und sein fast schon magisch anmutendes Aussehen bewiesen jedoch, dass er kein Mensch war.

Als er uns hörte, drehte er sich um, sein Blick glitt von mir zu Vrok und wieder zurück.

„Seyla. Willkommen." Er trat an den Tresen heran. „Du auch Vrok. Was kann ich heute für dich tun?"

„Wir brauchen einen Zauberspruch", erklärte Vrok und hielt seine Arme hoch, um die Symbole zu zeigen.

Ich tat dasselbe, damit er sehen konnte, dass sie zusammenpassen.

„Ah ja." Tylik runzelte die Stirn. „Ihr beide seid verbunden. Weiß Kate davon Seyla? Sie wird sich freuen zu hören ..."

„Das ist es ja", unterbrach ich. „Wir wollen die Bindung beenden." Eigentlich wollte ich das nicht, aber ich wollte die Sache mit Vrok durchstehen.

„Warum?"

„Weil", ich ruckte mit der Schulter in Vroks Richtung, „er ein gebrochenes Herz von einer Frau namens Margie hat und scheint beschlossen zu haben, dass er mit niemandem sonst zusammen sein will."

Vrok zuckte zusammen, aber er erholte sich schnell wieder. „Wir wollen zu nichts gezwungen werden."

„Damit hat er recht", erwiderte ich. Leider war ich mir nicht sicher, ob ich mich gezwungen fühlte. Aber wenn es Vrok so ging, wollte ich ihn nicht.

Wenn er allein aus Interesse die Hand aufhält, ohne dass ihn eine Bindung antreibt, würde ich sie gerne nehmen.

„Solche Bindungen sind Ork-Sache", erklärte Tylik.

„Du hast keinen Zauberspruch, der es beendet?", fragte Vrok, dessen Hand immer noch auf meiner Wirbelsäule ruhte.

Dort fühlte sie sich gut an.

Ich verwarf den Gedanken sofort, als er mir in den Sinn kam.

„So habe ich das nicht gesagt", räusperte sich Tylik. „Bist du in der Lage, einen Zauber durchzuführen? Das können nur wenige."

„Ich habe es noch nie versucht, aber wie schwer kann das sein?", fragte Vrok.

„Schwerer als du glaubst." Tylik runzelte die Stirn und dachte nach. „Es gibt aber jemanden in der Stadt, der den Zauber vielleicht für euch durchführen kann. Ich kann die Zutaten zusammenstellen, euch sozusagen das Rezept geben, und ihr könnt ihn fragen, ob er bereit ist, es zu tun."

„Wer kann den Zauber durchführen?", fragte ich.

„Raze".

„Ein Oger?", erwiderte ich.

„Wenn er sich entschieden hätte, bei seinem Volk zu bleiben, wäre er für alle um ihn herum König Raze gewesen. Seine Abstammung hat die Fähigkeit, solche Zauber durchzuführen."

Ein Hochzeitsplaner, der einen Zauber ausspricht? Aber was könnte ich sonst in einer Stadt erwarten, die in Monsterville umbenannt wurde?

Tylik sammelte eine Reihe von Zutaten und füllte die meisten in Behälter. Den Rest legte er lose in eine Papiertüte und reichte sie Vrok. „Seid ihr sicher, dass ihr das tun wollt?"

„Warum sollten wir nicht?", fragte ich.

„Weil es eine Bindung ist, etwas, das man schätzen und festhalten muss und nicht wegwerfen darf. Nur wenige treffen jemals ihre Schicksalsgefährten."

„Das ist nicht das, was Vrok will", erklärte ich.

Tyliks Blick begegnete dem meinen, und ich entdeckte dort Kummer. Er konnte sehen, dass ich Schmerzen hatte. „Es tut mir leid."

Mein Herz wurde taub. „Danke."

Als Vrok und ich die Apotheke verließen und zu seinem Wagen zurückkehrten, ging mein Puls in den Keller. Ich war mir nicht sicher, ob ich unsere Bindung beenden wollte, nicht wenn es so wehtun würde. Aber dann erinnerte ich mich daran, dass es uns beiden aufgezwungen wurde. Vielleicht würde ich Vrok nicht mehr mögen, wenn der Bann gebrochen war.

Allerdings hatte ich das Gefühl, dass dazu mehr nötig war, als die Symbole von meinen Handgelenken zu entfernen.

KAPITEL 13

vrok

Ich sollte dankbar sein, dass Seyla es so gut mit mir meint.

Warum tat mir dann die Brust so weh?

„Es ist die Bindung", sagte ich, während ich Seyla in meinen Wagen hob. Als ich merkte, dass ich mich vorbeugte, um sie anzuschnallen, wich ich zurück und hob meine Hände. „Es tut mir leid."

„Hey kein Problem. Ich bin klein. Dein Truck ist groß. Es kann nicht schaden, wenn du mir hilfst."

Mit einem Nicken drehte ich mich um und setzte mich auf den Fahrersitz, startete das Fahrzeug und fuhr rückwärts aus der Parklücke.

„Da das alles durch die Bindung verursacht wird", erklärte sie, „begrüße ich es, sie zu beenden."

Mir stockte der Atem. „Wirklich?"

„Ja natürlich. Oder etwa nicht?"

„Doch doch." Ich achtete darauf, dass meine Stimme selbstbewusst klang. Innerlich war ich es nicht. Aber ich konnte jetzt keinen Rückzieher mehr machen. Sie wollte mich genauso wenig wie ich sie. Es war Fake. Wenn die Bindung erst einmal gebrochen war, würden wir wahrscheinlich darüber lachen und den Kopf schütteln, unfähig zu glauben, dass wir fast darauf hereingefallen wären.

„Wenn es vorbei ist", sagte sie und starrte aus dem Seitenfenster, als ich zu Elisas und Razes Hochzeitsplanungsbüro fuhr. „Werde ich nicht mehr diesen überwältigenden Drang haben, mit meinen Fingern an deinem Schwanz hoch und runter zu gleiten oder dich anzuflehen, mich in der Hündchenstellung zu nehmen."

Mein Schwanz schoss in die Höhe. „Nur Hündchenstellung?"

Sie schenkte mir ein Lächeln. „Oder über die Rückenlehne der Couch. Die Missionarsstellung ist langweilig, meinst du nicht?"

„Vielleicht war es nur langweilig wegen der Person, mit der du es gemacht hast."

„Vielleicht." Sie biss sich auf die Unterlippe, bevor sie sie wieder losließ. „Es gibt natürlich auch andere Stellungen. Ich könnte dich reiten."

„Das kannst du auf jeden Fall." Ich sollte darüber nicht schwärmen.

„Oder du könntest mich an der Wand nehmen", fügte sie hinzu.

„Wir sollten nicht darüber reden." Ich rutschte in meinem Sitz hin und her und versuchte, eine bequeme Position zu finden, während mein steifer Schwanz in meiner Hose zappelte.

„Du hast recht." Sie bewegte sich und ich brauchte keine Fantasie, um mir ihre glitzernde Spalte oder ihre geschwollene Klit vorzustellen. „Wir könnten eine Party veranstalten, wenn das hier fertig ist. Wir könnten einen Haufen Singles einladen auf der Suche nach neuen Leuten, mit denen wir zusammen sein können."

„Ist es das, was du willst?", fragte ich.

„Du nicht?"

„Ich denke schon." Ich konnte mir keine Dates vorstellen.

Komisch, dass ich tagelang kaum an Margie gedacht hatte, und wenn ich doch an sie dachte, war das Ziehen in meiner Brust weg. Tagsüber dachte ich nur an Seyla und nachts träumte ich davon, bei ihr zu sein.

Die Bindung erinnerte ich mich. Es ging nicht um mich oder sie oder uns.

Ich parkte vor dem Hochzeitsplanungsbüro von Elisa und Raze und wir stiegen aus dem Auto aus - ich konnte kaum widerstehen, Seyla in das Gebäude zu tragen.

„Hey", rief Elisa, als wir eintraten. Ihr Blick blieb auf unseren Handgelenken haften und ein breites Lächeln erschien auf ihrem hübschen Gesicht. „Hey, hey, hey! Ihr zwei!" Sie tanzte zu uns herüber, nahm jeweils eine unserer Hände und schwang sie hin und her. „Ihr seid gepaart? Herzlichen Glückwunsch! Hey Raze, rate mal, wer hier ist, um eine Hochzeit zu planen!"

„Oh nein, das wollen wir nicht", sagte Seyla, aber Elisa schien es zu ignorieren.

Sie tanzte den Flur entlang und rief über ihre Schulter.

„Kommt schon ihr zwei. Ich weiß, dass ihr wahrscheinlich andere Angebote bekommen werdet, aber ihr solltet wissen, dass Raze und ich euch gerne dabei helfen würden, den perfekten Tag zu organisieren."

KAPITEL 14

Seyla

Ich rollte mit den Augen zu Vrok.

Er schmunzelte. „Wenn wir eine Hochzeit planen würden, würde ich keine Angebote einholen. Ich würde mich auf jeden Fall für Elisa und Raze entscheiden."

„Oh, ich auch", sagte ich.

Wir folgten ihr in den Flur und in ihr gemeinsames Büro.

„Wir werden nicht heiraten", machte ich deutlich, bevor wir uns ihnen gegenübersetzten.

„Werdet ihr nicht?" Elisas Blick fiel wieder auf unsere Handgelenke. „Das verstehe ich nicht."

„Wir sind unfreiwillig verbunden", erwiderte ich entschlossen.

Vrok runzelte die Stirn in meine Richtung. Warum dieser Blick? Er war derjenige, der mich schließlich davon überzeugt hatte, dass wir die Sache beenden mussten.

„Wir sind hierhergekommen, weil Tylik uns die Zutaten für einen Zauber gegeben hat, der die Bindung auflösen kann", erklärte Vrok. „Er meinte, dass du ihn vielleicht für uns durchführen kannst, Raze."

„Oh, ich verstehe." Raze grunzte. Er lehnte sich in seinem Stuhl zurück und verschränkte die Hände vor der Brust. „Ich kenne ein paar Zaubersprüche, die euch helfen könnten, aber ich glaube nicht, dass einer von ihnen genau das ist, was man braucht, um eine Ork-Bindung zu brechen."

Vrok legte die Papiertüte auf ihren Schreibtisch. „Tylik hat sozusagen das Rezept für den Zauberspruch mitgeliefert."

„Lass mich mal sehen." Raze zog die Tüte über den Schreibtisch, öffnete sie und blickte hinein. „Hmm." Sein Blick traf unseren. „Es gibt einen Zauberspruch ..." Sein Stirnrunzeln verstärkte sich. „Seid ihr sicher, dass ihr die Bindung auflösen wollt? Es ist selten, dass jemand seinen Schicksalsgefährten findet." Er hob Elisas Hand und küsste ihre Knöchel.

Sie schenkte ihm ein sanftes, liebevolles Lächeln, das mein Herz schmerzen ließ.

Es gab Zeiten, in denen ich gehofft hatte, dass Vrok mich auch so ansehen würde. Jetzt war ich mir nicht sicher, ob ich es glauben würde, wenn er es tun würde. Liebe sollte niemals erzwungen werden.

„Wir wollen sie auflösen", sagte ich erneut.

Vrok warf mir einen weiteren seltsamen Blick zu. „Das tun wir."

Warum klang er jetzt so zögerlich? Ah ja, die Bindung. Sie hat für ihn gesprochen.

„Wenn ihr euch ganz sicher seid", erklärte Raze. „Werde

ich den Zauber morgen Abend durchführen. Zaubersprüche wirken besser in der Nacht und morgen ist Vollmond. Das wird helfen."

„Wir sind sicher", erwiderte ich und ignorierte mein Bauchgefühl, das mir deutlich machte, dass ich nichts sagen sollte.

„Geht nach Hause. Überdenkt das noch einmal", sagte Raze. „Und ruft mich morgen früh an, wenn ihr die Bindung immer noch auflösen wollt."

Vrok stand auf. „Danke." Er reichte mir die Hand, um mir beim Aufstehen zu helfen, bevor er sie zurückzog.

„Ich schlage vor, dass ihr die heutige Nacht zusammen verbringt", rief Raze, als wir das Vorderzimmer durchquerten und auf die Tür zusteuerten.

„Das wollen wir nicht", rief ich zurück.

Raze erschien in der offenen Tür. „Es ist meine Bedingung, dies durchzuführen."

„Ich gebe ihr keine Penetration", knurrte Vrok.

Ich nickte und schenkte ihm ein zustimmendes Grinsen.

„Ihr seid beide verrückt geworden", erwiderte Raze leise und kam auf uns zu. Er hob seine Stimme. „Ich schlage keinen Sex vor, obwohl ich mir nicht sicher bin, ob das einen großen Unterschied machen würde."

Ich war mir nicht sicher, was das bedeutet.

„Aber bevor ihr so etwas Drastisches entscheidet, möchte ich, dass ihr beide lange und gründlich darüber nachdenkt, was ihr da wegwerft. Ein schicksalhaftes Paarungsband muss gehegt und gepflegt werden. Sie wird niemals aufgelöst, es sei denn, beide sind sich absolut sicher, dass sie das wollen."

„Haben das Paare schon mal gemacht?", fragte ich, als Vrok die Eingangstür öffnete.

„Nur ein Paar", erwiderte Raze.

Elisa spähte um ihn herum zu uns, ihr Blick war voller Sorge.

„Was ist passiert?", fragte Vrok.

„Es endete", erwiderte Raze. „Aber danach haben sie sich gehasst."

KAPITEL 15

vrok

Ich hob Seyla in meinen Wagen. Sie seufzte und warf mir einen Blick zu, den ich nicht definieren konnte.

Als ich mich vergewissert hatte, dass sie angeschnallt war, saß ich einfach da und starrte nach vorne.

„Ich will dich nicht hassen", murmelte ich.

„Mir geht es genauso." Ihr zweiter Seufzer verklang. „Glaubst du, dass wir *nichts mehr* füreinander empfinden werden, wenn die Bindung erst einmal aufgelöst ist?"

„Davon gehe ich aus." Komisch, dass ich das Ende meiner Liebe zu Seyla auf der einen Seite begrüßt und wiederum nicht begrüßt habe.

Ich konnte sie nicht lieben. Wenn ich Gefühle empfand, wurden sie durch die Bindung hervorgerufen. Aber es tat trotzdem weh, daran zu denken, dass mit ihr zu beenden, als ob mein Herz leer wäre, wenn sie nicht mehr da wäre, um es auszufüllen.

„Was sollen wir heute Abend machen?", fragte ich. Dies könnte das letzte Mal sein, dass wir zusammen sind. Wir könnten Erinnerungen aufbauen, die sich bittersüß anfühlen würden oder wir würden auf sie zurückblicken und den Kopf schütteln und uns fragen, was wir uns dabei gedacht haben.

Sie drehte sich in ihrem Sitz um und sah mich an. „Keine Ahnung."

„Am Rande der Stadt ist ein Jahrmarkt aufgebaut. Willst du hingehen?"

Ihr Lächeln füllte das Loch, das sich in meinem Herz aufgetan hatte. „Klingt gut."

„Jetzt oder später?", fragte ich. „Es ist ..." Ein Blick auf die Mittelkonsole zeigte vier Uhr dreißig. „Wir könnten vorher etwas essen gehen, wenn du möchtest."

„Ich habe nichts dagegen, das zu essen, was wir auf dem Jahrmarkt finden."

„Ich sollte Merith holen", erwiderte ich.

„Ich sehe nach Sriracha und treffe dich an deinem Wagen."

Ich fuhr durch die Stadt und parkte in meiner Einfahrt.

Es dauerte nicht lange, bis wir wieder in meinem Truck saßen und zum Jahrmarkt fuhren. Ich parkte auf dem grasbewachsenen Parkplatz zusammen mit zahlreichen anderen und starrte auf den improvisierten Vergnügungspark, der hinter einem Maschendrahtzaun aufgebaut war. Karussells in Form von Kraken ragten in den Himmel und ein sehr großer, mechanischer Yeti hievte lange Röhren voller Menschen und Monster in die Luft. Das Fell hing ihm an den Seiten herunter, sein Kopf drehte sich ständig und sein Grinsen schoss in alle Richtungen.

Als wir den Parkplatz überquerten, um uns für die

Eintrittskarten anzustellen, trafen wir auf Max und Chastity. Max trug eine Babytasche und Sydnee saß mit dem Gesicht nach außen auf seinem Bauch. Sie strampelte mit den Beinen und grinste jeden an, wobei ihre Aufmerksamkeit von einer Sache zur anderen wechselte, bis Merith von meiner Schulter abhob und mit flatternden Flügeln vor ihr schwebte.

Sie kicherte und streckte ihr ihre Finger entgegen, während Max und Chastity sie voller Bewunderung beobachteten.

„Da seid ihr ja", sagte jemand hinter uns.

Darrow und seine Frau Paige kamen zu uns herüber und stellten sich zu uns.

„Sie ist so umwerfend", freute sich Paige, die sich Sydnees Fanclub anschloss. Sie beugte sich vor, um die Tochter von Max und Chastity zu begrüßen, bevor ihre Hand dezent über ihren Bauch strich. Erwarten sie und Darrow ein Kind?

„Wir gehen zuerst in den Kinderbereich", sagte Chastity. „Da gibt es Sandtische und Kinderschminken." Sie grinste zu Max hoch. „Sydnee wird so viel Spaß haben."

„Du auch Liebes", erwiderte er und beugte sich vor, um ihr einen Kuss zu geben.

Darrow sah in unsere Richtung. „Wollt ihr mit zum Kinderschminken?"

Ich schaute Seyla an, aber ihr Blick war auf eine Achterbahn mit Trollmotiven gerichtet, die sich durch den äußeren Teil des Parks schlängelte.

„Ich glaube, wir haben die Achterbahn auf unserer Tagesordnung", erwiderte ich. „Aber danke."

Max' Blick wanderte von meinen Handgelenken zu denen von Seyla, aber er sagte nichts dazu. Ich würde ihn später aufklären. Oder auch nicht. Wir würden es beenden und danach würden die Symbole nicht mehr da sein.

Mit Merith auf der Schulter gingen wir, kauften Eintrittskarten und betraten den Park.

Seylas Blick blieb an einem Spiel hängen, bei dem es kleine Plüschbären zu gewinnen gab, also lenkte ich sie in diese Richtung.

„Ich dachte, wir fahren Achterbahn?", fragte sie grinsend, als ich sie zum Spielstand schubste.

„Später. Glaubst du, ich habe das Zeug dazu, etwas für dich zu gewinnen?"

„Ich wette, das hast du." Sie starrte auf einen der Bären mit einer großen gelben Schleife.

Die Sehnsucht, die ich dort entdeckte, war mir genug. Ich würde das Spiel die ganze Nacht spielen, wenn es das ist, was sie haben möchte.

Nachdem ich die Jetons bezahlt hatte, wartete ich in der Schlange und sah zu, wie andere Monster antraten. Sie hatten zwei Abschnitte abgesteckt, einen für größere Jungs wie mich, den anderen für Menschen und kleinere Monster. Letztere schien etwas weniger anspruchsvoll zu sein, aber sie wollten, dass die Leute das Gefühl hatten, dass der Wettbewerb fair war.

„Ich glaube, du musst die falschen Knallkreaturen mit dem Hammer treffen, bevor sie wieder in den Boden schießen", sagte Seyla. Ihr Grinsen wurde breiter. „Das sieht aus wie ein riesiger Hau-den-Maulwurf."

„Warum sollte jemand einen Maulwurf schlagen?",

fragte ich und dachte an die winzigen Kreaturen, die unter der Erde leben.

„Bei Hau-den-Maulwurf sind sie nicht realer als die Biester, die du hier zu treffen versuchst." Ihr Blick fiel auf den kleineren Parcours. „Was dagegen, wenn ich das mache, nachdem du fertig bist?"

„Ich würde dich gerne anfeuern."

Ihr Lächeln wurde breiter und sie lehnte sich an meine Seite. „Auch wenn es Fake ist, ich habe Spaß."

So ging es mir auch.

KAPITEL 16

Seyla

Ich stand hinten, während Vrok antrat.

Zuerst zog er sich sein T-Shirt aus. Das war zum Sabbern. Ich war nicht die Einzige, die ihre Augen nicht von dem Spiel der Muskeln auf seinem wunderschönen Oberkörper lassen konnte. Seine dunkelgrüne Haut schimmerte in der untergehenden Sonne; er war wirklich ein Prachtexemplar.

Als er an der Reihe war, trat er zu dem Troll, der das Spiel leitete, und sie scherzten ein paar Sekunden, bevor der gedrungene Kerl mit den schockierend rosa Haaren und dem türkisfarbenen Anzug Vrok einen riesigen Hammer reichte.

Ich bezweifelte, dass ich in der Lage sein würde, ihn zu heben, aber Vrok schwang ihn locker mit einer Hand durch die Luft, als ob er testen wollte, wie er währen des Spiels performt.

Merith sprang von seiner Schulter auf meine und ich streichelte das kleine Tier.

Der Troll deutete auf den Hau-den-Maulwurf-Parcours. Ich war mir nicht ganz sicher, was die Kreaturen darstellen sollten. Gremlinähnliche Dinger? Sie hatten alle einen finsteren Blick, der sich jedoch in ein fröhliches Gesicht und schallendes Gelächter verwandelte, wenn der Konkurrent nicht traf.

Vrok nickte dem Troll zu, der einen Knopf drückte, der an einer Stange neben ihm befestigt war.

Der erste Gremlin tauchte aus dem Boden auf.

Vrok schlug zu und traf die Fake-Kreatur direkt am Kopf. Der Gremlin kreischte und schoss zurück in den Boden. Ein weiterer Gremlin tauchte etwa einen Meter hinter dem ersten auf. Vrok sprang und flog über das grasbewachsene Spielfeld. Er landete und spießte den zweiten Gremlin auf.

Sie schossen schneller in die Höhe und Vrok wurde zu einem Bewegungswunder. Er führte einen komplizierten Tanz auf, sprang von einem Ort zum anderen und verfehlte nie einen Schlag, wenn die Gremlins auftauchten.

Ich gaffte, unfähig meine Augen von meinem Nicht-Gefährten abzuwenden. Wenn es bei dem Spiel nicht darum ginge, mit einem Vorschlaghammer auf kreischende Fake-Kreaturen einzuschlagen, würde ich das, was er macht, als poetischen Tanz bezeichnen.

Ich bin Schriftstellerin, aber mir fehlten die Worte, um zu beschreiben, wie toll es war, ihn spielen zu sehen. Einen Versuch war es wert.

„Sein Können ist unübertroffen, wenn er den Vorschlaghammer schwingt", flüsterte ich.

Eine Frau in meinem Alter, die ein hellblaues Sommerkleid trug, stand in der Nähe. Sie blickte stirnrunzelnd in meine Richtung, aber sie sagte nichts. Sie schien allein zu sein, und obwohl sie einen neutralen Blick aufsetzte, spürte ich Einsamkeit in ihrer Körperhaltung. Sie schaute sich immer wieder in der Menge um, als hätte sie Angst, jemand könnte sie bedrohen.

„Er schickt Fake-Feinde zurück in den Boden", sagte ich und wünschte, ich hätte einen Stift und Papier, um das aufzuschreiben. „Sein Körper bewegt sich mit Anmut und Finesse."

Die Augenbrauen der Frau hoben sich und sie trat einen Schritt näher an mich heran, wobei ihre silbernen Sandalen im knöchelhohen Gras versanken.

„Jeder seiner Schwünge zeigt Stärke, Schönheit und Ehrfurcht vor dem Besten", fügte ich hinzu und hatte Spaß daran, mein kleines Gedicht zu verfassen. Normalerweise hielt ich mich an Bücher, aber manchmal, wenn mir danach war, schrieb ich auch kurze Gedichte. Die habe ich aber nicht oft geteilt.

Würde Vrok das gefallen?

Er ging weiter über den Parcours und stöhnte, als er eine Kreatur nach der anderen traf und nur selten verfehlte.

Es hatte sich eine Menschenmenge versammelt, die ihn anfeuerte und ich hatte den Eindruck, dass wir alle Zeuge von etwas waren, das wir selten zuvor gesehen hatten. Haben die meisten Konkurrenten versagt? Jeder, der vor Vrok angetreten war, hatte die meiste Zeit nicht getroffen.

„Seine Kraft und Beweglichkeit werden zur Schau gestellt", sagte ich leise.

Die Frau schenkte mir ein Lächeln. „Als er den Hammer zum höchsten Schwung ansetzt."

Cool. Ich habe auf einem Jahrmarkt eine neue Schriftstellerfreundin kennengelernt.

„Der wilde Krieger mit einem Willen aus Stahl zeigt seine Fähigkeiten, während er mit Eifer kämpft", erwiderte ich.

Die Frau trat näher heran und machte keine Anstalten, ihr Lächeln zu verbergen. „Seine Muskeln kräuseln sich bei jedem Schlag und Stoß und erfüllen jeden Zuschauer mit ...", ihr Grinsen wurde breiter. „Lust?"

Verdammt, ja, Lust.

„Ich bin übrigens Brooke", sagte sie. Die Sonne traf auf ihr lockiges blondes Haar, das ihr um die Schultern fiel, und färbte es Gold. Wenn die Sonne nicht so hell gewesen wäre, hätte ich vielleicht den Schatten um ihr linkes Auge übersehen, das gut mit Make-up abgedeckt war. Hatte ihr jemand wehgetan? „Ich bin erst vor etwa einem Monat nach Monsterville gezogen."

„Ich bin Seyla", erwiderte ich und wurde schnell mit ihr warm. Ich wollte sie in den Arm nehmen und ihr sagen, dass alles gut werden würde, aber wie sollte ich das tun? Sie hatte den blauen Fleck abgedeckt, auch wenn er noch auf ihrer Seele zu sehen war. Ich bezweifelte, dass sie wollte, dass ich die Aufmerksamkeit darauf lenke. „Ich bin auch gerade erst hierhergezogen, obwohl ich schon lange genug hier bin, um ein Haus zu kaufen."

„Du bist mit dem Ork hier?", fragte sie.

„Vrok und ich sind Nachbarn."

„Aus deinen Worten schließe ich, dass er mehr als nur

ein einfacher Nachbar für dich ist. Ich nehme an, er gehört zu dir."

Wir sahen zu, wie Vrok den Parcours beendete. Er war kaum ins Schwitzen gekommen und er schien nicht langsamer zu werden. Als die Kreaturen aufhörten, aus dem Boden zu springen, ließ er den Kopf des Hammers neben seinem Fuß fallen und sah sich grinsend um.

Sein Blick fiel auf mich und er zwinkerte mir zu.

„Ja, er gehört zu mir", sagte ich; meine Stimme war voller Stolz.

Aber war er das?

Ab morgen würde er jedem zur Verfügung stehen, der ihn haben will, sogar Brooke.

Ich würde in die entgegengesetzte Richtung gehen.

Mein Herz zog sich bei dem Gedanken zusammen.

Ich freute mich nicht darauf, ihm Lebewohl zu sagen.

KAPITEL 17

vrok

„Wir haben einen Gewinner", rief der Troll. Er huschte auf seinen Hufen zu mir herüber. „Bitte such dir einen Preis aus, den du haben willst." Er nahm mir den Hammer aus der Hand und zerrte mich dorthin, wo er die Preise an ein hohes Holzbrett gehängt hatte.

Ich reichte Seyla die Hand und als sie sich zu uns gesellte, drückte ich sie an meine Seite. Die ganze Zeit, in der ich antrat, konnte ich nur daran denken, etwas für Seyla zu gewinnen, was immer sie wollte.

„Willkommen", sagte der Troll und verbeugte sich kurz vor Seyla. Er sah mich an. „Hast du für deine Gefährtin gewonnen?"

In meinem Herzen war sie immer noch meine Gefährtin, also nickte ich.

„Sehr gut", fügte der Troll hinzu. „Sag mir lieber Mensch, möchtest du das riesige ausgestopfte Häschen? Oder möchtest du lieber ein Gummihuhn?"

„Wirklich?", fragte Seyla und schaute mich mit staunenden Augen an. „Du hast gewonnen. Was möchtest du?"

„Dieser Preis gehört dir", erwiderte ich.

„Du machst mir also starke Konkurrenz, denn ich bin die Nächste und ich nehme an, du darfst dir einen Preis aussuchen, wenn ich gewinne. Aber halte nicht den Atem an. Das Spiel sieht hart aus."

„Du hast die Wahl", sagte ich und winkte den ausgestellten Plüsch- und Gummikreaturen zu. „Was möchtest du?"

„Oh, der da", freute sie sich und zeigte auf den kleinen Bären mit der großen gelben Schleife, den sie vorhin bewundert hatte. „Er ist so süß."

„Er gehört Euch, my lady", verkündete der Troll, löste ihn von einem Clip und reichte ihn ihr.

„Würdest du ihn halten, während ich das Spiel spiele?", fragte Seyla. „Merith Süße, geh zu Vrok."

Nachdem ich das Shirt angezogen hatte, sprang meine Dragonette von ihr auf meine Schulter, wo sie zu schnurren begann.

Ich grinste und nahm den Bären von Seyla, und bemerkte dabei, wie weich er war. Fast so weich wie Seylas Haut.

„Wer ist der Nächste?", rief der Troll.

Seyla hob ihre Hand. „Ich!" Sie lehnte sich gegen mich und senkte ihre Stimme. „Aber ich ziehe mein Shirt nicht aus."

Es wäre ein Vergnügen, sie auf diese Weise antreten zu sehen.

Ich musste mir diese Idee aus dem Kopf schlagen. Dies

war eine Art Date, eine Möglichkeit für uns, herauszufinden, ob wir die Bindung wirklich beenden wollten. Wenn sie ohne Shirt antrat, würde es mir schwerfallen, ihr einfach so Gute Nacht zu sagen.

Der Troll reichte ihr einen kleineren Hammer, und ich bemerkte, dass die Löcher, aus denen die Kreaturen herauskamen, auch auf dem menschlichen Parcours kleiner waren.

„Lass deinen Blick ein wenig schweifen", erklärte ich, „anstatt dich auf ein bestimmtes Loch zu konzentrieren. Du wirst eher sehen, wie die Kreatur aufsteigt, und du wirst feststellen, dass du fast nahtlos handelst."

„Sagt der Ork, der zuletzt gewonnen hat." Sie nahm den Hammer und grinste mich an. „Ich versuche die Hälfte zu treffen, wenn ich Glück habe."

„Du wirst überrascht sein."

Sie holte tief Luft, atmete aus und betrat das Spielfeld. Als sie dem Troll ein Nicken schenkte, ging es los.

Da ich bereits fertig war, wusste ich, was es zu erwarten gab. Was ich nicht erwartet hatte, war, wie gebannt ich Seyla beim Spiel zusehen würde. Sie hüpfte hin und her und schlug mit dem Hammer zu. Sie traf zwar nicht alle, aber viel mehr als die Hälfte, die sie vermutet hatte.

Als das Spiel zu Ende war, strich sie sich die Haare aus dem Gesicht und schenkte mir ein so freudiges Lächeln, dass mir das Herz stehen blieb.

Sie hatte Spaß und das war alles, was zählte.

„Du hast einen Preis gewonnen", rief der Troll und deutete auf die untere Hälfte des Brettes.

„Du darfst dir etwas aussuchen", sagte Seyla und nahm ihren Bären an sich, als sie zu mir kam.

„Du willst keine zwei Plüschtiere?", fragte ich.

„Eins für dich. Eins für mich."

„Na gut, ich nehme den da." Ich zeigte auf einen Bären mit einer rosa Schleife und der Troll reichte ihn mir.

„Der ist süß", schmunzelte Seyla und stieß sie gegeneinander, als würde sie einen Toast aussprechen. „Sie sind Freunde."

„Auf jeden Fall Freunde, wie wir."

Sie sah zu mir auf und musterte mein Gesicht, obwohl ich mir nicht sicher war, wonach sie suchte. „Ich bin gerne mit dir befreundet Vrok."

Mit unseren Bären in der Hand verließen wir den Spielbereich und schlenderten weiter. Wir sahen uns einige Karussells an, in denen Monster, Menschen und Kinder verschiedener Spezies vor Aufregung kreischten. Schließlich landeten wir an einem Stand mit Leckereien.

Ein süßer, würziger Duft hing in der Luft; ich sog ihn ein und genoss den herrlichen Geruch.

„Was ist das für ein Geruch?", fragte ich.

„Funnel Cake. Lass uns einen teilen."

Wir kauften das dünne, gebratene Stück, und Seyla überzog es mit einem weißen Kristallüberzug, der braune Flecken enthielt.

„Damit haben wir es doch nicht ruiniert oder?", fragte ich besorgt.

„Du wirst es lieben." Sie führte mich zu einem Holztisch und wir setzten uns nebeneinander, den Funnel Cake auf einem Pappteller zwischen uns. „Hau rein."

„Wie isst man das?", wunderte ich mich unsicher, ob es mir schmecken würde.

„Brich ein Stück ab, so wie hier." Sie demonstrierte es und wackelte auf ihrem Sitz, während sie die Leckerei genoss. „Es ist erstaunlich." Ihre Augen weiteten sich und sie lächelte. „Komm schon. Gib dem Ganzen eine Chance."

Sie fütterte Merith ein wenig und meine Dragonette gurrte, streckte ihren Hals aus und wollte mehr.

„Nur ein bisschen Süße", sagte sie.

Sie schnaufte und schoss falsche Flammen in die Luft, wodurch Seylas Augen größer wurden.

„Ich wusste nicht, dass sie das kann", lachte sie.

„Ihre Flammen sind zum Glück harmlos." Ich brach ein winziges Stück vom Rand des knusprigen Kuchens ab und führte es zum Mund, um daran zu riechen. Der Duft gab mir ein gutes Gefühl und deutete an, was ich in der Luft geschmeckt hatte.

Ich steckte es in den Mund und wollte es ausspucken, wenn es nicht gut wäre, aber ich war erstaunt.

Ich kaute und schluckte schnell, dann brach ich ein größeres Stück ab.

„Gut was?", sagte sie und lehnte sich an meine Seite.

„Das ist es wirklich."

Ich liebte es, in ihrer Nähe zu sein. Ich liebte es, Zeit mit ihr zu verbringen.

Wenn ich nur wüsste, ob meine Gefühle echt waren oder durch die Bindung hervorgerufen wurden.

„Bist du sicher, dass du mit mir in der Troll-Achterbahn fahren willst?", fragte Seyla und nahm mit ihren großen Augen alles in Augenschein.

„Ich liebe Achterbahnen." Obwohl ich nur mit einer gefahren bin. „Monster haben auch Vergnügungsparks. Dieser hier ist einer von unseren."

„Eine Zeit lang habe ich ein Tagebuch geführt, in dem ich alle meine Fahrten notiert habe, aber ich bin mir nicht sicher, wo es jetzt ist. Ich habe den Überblick über einen Haufen Sachen verloren, als ich hierherzog und dann von Violet und Goregs B&B in meine eigene Wohnung umzog. Aber ich bin mit dem Auspacken noch nicht fertig. Ich bin sicher, es taucht wieder auf."

Wir kauften mehrere Eintrittskarten, die wir für verschiedene Karussells verwenden konnten und stellten uns in der Schlange für die Troll-Achterbahn an.

„Was denkst du Merith?", fragte ich meine Dragonette. „Fahren oder nicht?"

Merith warf mir einen verächtlichen Blick zu und flog über den Vergnügungspark, bevor sie sich in Richtung meines geparkten Wagens schwang.

„Wo geht sie hin?", wunderte sich Seyla und starrte ihr hinterher.

„Ich vermute, sie wird entweder zu Hause warten oder auf meinem Truck sitzen, bis wir fertig sind. Ich hätte vorschlagen sollen, dass sie zu Hause bleibt, aber sie hätte protestiert."

„Sie versteht nicht, wenn du mit ihr sprichst oder?"

„Sie ist klug. Manchmal ist es unheimlich, wie sie zu wissen scheint, was ich sage."

„Ist das bei Dragonettes üblich?", fragte sie.

„Das ist es. In der Vergangenheit war es üblich, dass Dragonettes Fürsten berieten."

„Sie können nicht sprechen."

„Damals konnten sie es."

„Das ist erstaunlich", hauchte sie.

Ich deutete in Richtung Schlange, die sich an der Achterbahn gebildet hatte. „Sollen wir? Sie sieht ziemlich überschaubar aus für jemanden, der ein Tagebuch über Achterbahnen geführt hat." Ich war versucht, ihre Hand zu halten. Das fühlte sich wie ein richtiges Date an und das war es wohl auch. Würde sie so etwas begrüßen?

Die Bindung würde dafür sorgen, dass sie es tut. Mir gefiel nicht, dass sich alles gezwungen anfühlte, sogar unsere Gefühle.

Es wäre gut, das zu beenden. Dann könnten wir wieder so werden, wie wir waren, bevor wir uns kennengelernt haben.

„Es macht mir nichts aus, dass es überschaubar ist", sagte Seyla, die nur mich ansah.

Ich genoss es, der einzige Mittelpunkt ihrer Aufmerksamkeit zu sein. Typen schlenderten an uns vorbei und ihre Blicke blieben an ihr hängen. Sie hatte eine magische Ausstrahlung, die alle Blicke auf sich lenkte. Ähnlich wie Margie, an die ich schon lange nicht mehr gedacht hatte. Tatsächlich fiel es mir schwer zu glauben, dass ich mich jemals für eine andere Frau interessiert hatte.

Hat da auch die Bindung gesprochen?

Als wir an der Reihe waren, stiegen wir in ein Auto und

ließen uns auf den Metallsitz fallen. Ein Troll verriegelte eine Stange an der Vorderseite.

„Ich fühle mich, als wäre ich drei", freute sich Seyla und stupste die Stange an, die auf ihrem Oberkörper ruhte. Bei mir traf sie den Bauch. „Ich kann kaum über den Rand sehen."

„Du könntest auf meinem Schoß sitzen."

Sie sah mich stirnrunzelnd an. „Das werden sie nicht zulassen, oder?"

Ich zeigte auf das Auto vor unserem, obwohl sie vielleicht nicht über die hohe Rückwand sehen konnte. „Andere tun es auch."

Ihr Stirnrunzeln blieb. „Du wärst damit einverstanden?"

„Natürlich. Wie Tylik und Raze schon sagten, sollten wir sicherstellen, dass es das ist, was wir wollen, oder? Wie sollen wir das tun, wenn wir weiterhin so tun, als wären wir Freunde?"

„Ist das nicht dein ultimatives Ziel hier?"

„Unser Ziel richtig?"

Sie kniff die Lippen zusammen. „Sicher. *Unser* Ziel."

Sie wollte raus aus der Sache, nicht wahr?

KAPITEL 18

Seyla

Ich schnallte mich ab und kletterte auf Vroks Schoß. Er sicherte den Verschluss um uns beide und sorgte dafür, dass die Stange an ihrem Platz blieb.

Um ehrlich zu sein, gefiel es mir, auf ihm zu sitzen. Es fühlte sich richtig an.

Aber das musste die Bindung sein, was eine große Enttäuschung war. Ich mochte es nicht, dass ich meinen Gefühlen nicht trauen konnte, dass all dies etwas sein könnte, das durch eine chemische Reaktion entsteht.

Die Fahrt ging ruckartig voran. Als wir den Anfang der Strecke erreichten, wurde es ruhiger. Vor uns ging es einen steilen Hang hinauf und dann auf der anderen Seite hinunter. Nach dem, was ich auf dem Boden sah, war jeder Gipfel höher als der vorherige, bis wir den letzten Gipfel auf dem Kopf eines riesigen Trolls erreichten. Von dort aus ging es fast bis zum Boden hinunter und dann noch ein paar niedrigere Hügel hinauf, bevor die Fahrt zu Ende war.

Vroks Arme legten sich um mich und hielten mich an

seinem muskulösen Körper fest. „Du musst stillhalten", sagte er entschlossen.

„Ich glaube nicht, dass ich fallen werde." Vorsichtshalber klammerte ich mich an seinen Unterarmen fest. Ich liebte sie. Was Unterarme anging, so waren sie erstaunlich. Sie bestanden aus grüner Orkhaut mit ein paar Haaren und waren genauso muskulös wie der Rest von ihm. Ich könnte stundenlang auf dem Sofa sitzen und seine Arme anstarren.

„Ich würde dich nie fallen lassen", schwor er, als wir nach oben fuhren. „Es ist nur ..."

„Du bekommst einen Ständer." Ich spürte, wie er an meinen Hintern stieß und das war genauso erstaunlich wie seine Unterarme. „Wir werden sehen, wie das zwischen uns läuft, richtig?"

„Korrekt", stieß er aus, als die Fahrt weiter nach oben ging und das Ticken der Räder auf den Schienen um uns herum widerhallte.

„Ich kann mich umdrehen und dich ansehen."

„Nur wenn du es willst", knurrte er.

Ich liebte es, wenn er mürrisch und knurrig war. Der Klang schoss durch meine Adern wie ein Schuss bestes Koffein.

Wollte ich mich umdrehen? Mehr als alles andere.

Ich krabbelte herum, ohne dass die Stange meinem Hintern zu viel Schaden zufügte und blieb dabei irgendwie angeschnallt. Als ich ihm gegenübersaß, stützte ich meine Beine an beiden Seiten seiner Oberschenkel ab.

Er war komischerweise größer als ich, sodass ich ihn unmöglich ohne seine Hilfe küssen konnte, aber das war vielleicht auch besser so. Irgendwie fühlte sich das Reiben gegen ihn weniger intim an als seine Küsse. Wenn wir uns küssten, hatte ich das Gefühl, als wären unsere Seelen miteinander verflochten.

Seine Fingerspitzen fuhren an meinen Seiten auf und ab, bevor sie unter mein Kleid glitten.

Zum Glück waren die Autos gleichmäßig verteilt, und die Rückseiten waren hoch, um großen Monstern Platz zu bieten. Ich konnte nichts in den Autos hinter oder vor uns sehen. Wir waren allein in unserer eigenen kleinen Welt.

Er beobachtete mein Gesicht, während seine Krallen über meine Brustwarzen glitten.

Das Auto erreichte die Spitze des ersten Gipfels und wir sausten auf der anderen Seite hinunter. Ich quietschte vor Aufregung, die nur zum Teil auf die Fahrt zurückzuführen war. Mein Geist und mein Körper waren mehr auf die Fahrt mit Vrok konzentriert.

Ich neigte meinen Kopf zurück und genoss das Gefühl seiner Hände auf meinen Brüsten.

Sein steifer Schwanz drückte gegen seine Hose und so sehr ich auch versucht war, ihn zu befreien, ihn zu berühren und zu sehen, ob ich mich genug zusammenreißen konnte, ohne ihn zu lecken, war das Letzte, was ich wollte, dass die Fahrt damit endete, dass ich ihm einen blies.

Ich rieb mich an ihm und er stöhnte auf.

Er neigte seinen Kopf zurück. Seine Finger fuhren hastig über meine Brüste, obwohl einer unter meinem Kleid hervor glitt, um meinen Hintern zu streicheln.

Als ich mich ihm zuneigte und mich gegen seinen Schwanz stemmte, drückte er meinen Hintern und verstärkte den Druck.

In kürzester Zeit krümmte ich mich auf seinem Schoß, ein keuchendes Wrack mit nur einem Ziel vor Augen.

Als die Achterbahn auf den letzten Gipfel zu rastete, rieb ich mich noch stärker an Vrok.

Er kniff mir in die Brustwarze, massierte sie und mir wurde heiß.

„Ich komme gleich", flüsterte ich.

„Tu das. Fall auseinander, Seyla. Ich werde zuschauen."

„Du wirst auch kommen."

„Und die Vorderseite meiner Hose durchnässen?" Er kicherte tief und heiser. „Orks haben Tonnen von Sperma."

Ich hatte es bemerkt.

„Du wirst steif sein und Schmerzen haben", sagte ich und konnte nicht widerstehen, mich gegen ihn zu stemmen.

„Ich werde ein glücklicher Ork sein, weil ich weiß, dass du vollkommen zufrieden bist. Zeig mir, wie gut du dich bei mir fühlst."

Mehr brauchte ich nicht.

Als die Achterbahn uns durch die letzten Schleifen der Strecke brachte, stieß ich gegen ihn.

Ich kam, als die Fahrt langsamer wurde und lag zitternd in den Armen meines Gefährten.

KAPITEL 19

vrok

Am nächsten Morgen schritt ich zu Seylas Haus und klopfte an ihre Tür.

„Oh hey", sagte sie, als sie öffnete. „Schön, dich hier zu sehen."

„Wir müssen entscheiden, was wir tun werden. Ist es in Ordnung, wenn ich reinkomme?"

Auf ihr Nicken hin trat ich ein und stellte fest, wie ähnlich die Grundrisse unserer Häuser waren. Die meisten Gebäude in dieser Straße wurden gebaut, als vor etwa hundert Jahren eine Mühle in Betrieb war.

Ich ließ mich auf ihr Sofa fallen und sie setzte sich mir gegenüber auf einen Stuhl. Ihr Laptop lag aufgeklappt auf dem Tisch zwischen uns und so wie es aussah, hatte sie ein Dokument geöffnet.

Sriracha faulenzte auf einem anderen Stuhl. Er schaute mich an, blinzelte langsam, bevor er sich wieder seinem Katzenschlaf widmete.

„Wie geht es mit dem Buch voran?", fragte ich.

Sie zuckte mit den Schultern. „Gut. Ich bin mit der Bearbeitung fast fertig. Ich werde es bald an die Leser schicken und Meinungen einholen. Wenn es Änderungen braucht, werde ich sie vornehmen, bevor es an meinen Lektor geht."

„Du sagtest, du verdienst damit deinen Lebensunterhalt."

„Ja sogar richtig gut. Und das Beste ist, dass ich gerne schreibe." Sie schenkte mir ein sanftes Lächeln. „Ich kann die Geschichte so gestalten, wie ich es möchte."

„Wie wird diese hier enden?"

„Wie ich schon sagte, sie haben alle ein Happy End." Schatten zogen über ihr Gesicht. „Das macht die beste Geschichte der Welt nicht wahr?"

„Was ist mit uns Seyla? Was willst du tun?"

„Ich tue, was immer du willst."

„Ich möchte, dass wir das gemeinsam entscheiden."

„Es ist nicht leicht", sagte sie traurig. „Ich weiß, wie ich mich fühle." Ihre Faust drückte gegen ihre Brust und rieb sie.

„Ich könnte dich lieben", erwiderte ich. Ich vermutete, dass ich das bereits tat. „Aber wäre es auch echt?" Ich hielt meine Arme hoch und betrachtete die Symbole. Sogar jetzt pulsierten Chemikalien durch meine Adern, die mich dazu drängten, ganz mit ihr zu sein, meine Samen zu pflanzen und zu sehen, wie sie Früchte trugen. Der Drang war älter als die Zeit.

„Ich fühle dasselbe", sagte sie. „Selbst jetzt möchte ich auf deinen Schoß kriechen und dich küssen. Nein, ich möchte mich ganz ausziehen und dich ins Bett zerren. Wir würden dort für immer bleiben." Sie schnaufte. „Aber du hast recht. Wäre es dann echt?"

„Ich denke, wir sollten es auflösen." Ein trauriges Gefühl der Endgültigkeit überkam mich. Hatte ich einen großen Fehler gemacht?

„Vieles in mir sagt mir, dass ich dir nicht zustimmen sollte."

„So geht es mir auch. Haben wir denn eine Wahl?"

Sie seufzte. „Wir haben immer eine Wahl. Wir könnten uns davon beherrschen lassen. Dann hätten wir ein glückliches Leben."

„Wir wüssten immer, dass es nicht echt sein könnte."

Sie stand auf. „Deshalb müssen wir Raze anrufen und ihm sagen, dass wir einen schönen Abend miteinander hatten. Wir haben geredet, und wir wollen den Zauber trotzdem fortsetzen."

KAPITEL 20

Seyla

Am nächsten Tag, als die Sonne unterging, ließen wir Merith in Vroks Haus zurück und trafen Raze im Park. Raze hatte uns gesagt, dass der Zauber am besten funktioniert, wenn die Sonne untergegangen ist, und dass er über Wasser ausgeführt werden muss.

„Dort drüben", rief Raze und deutete auf eine Brücke, die den Fluss überspannte. Er trug zwei große Taschen und ich war neugierig, was er mitgebracht hatte.

Wir kamen an ein paar Familien vorbei, die nach einem sonnigen Tag ihre Sachen packten. Ein Zentaur winkte und ich winkte zurück, als sein Sohn zu uns rüberkam und neben uns her trottete.

„Was macht ihr da?", fragte er und betrachtete Razes Taschen stirnrunzelnd.

„Wir werden ein paar Fotos vom Fluss bei Sonnenuntergang machen", erwiderte ich. „Das wird schön, meinst du nicht?"

Der Junge starrte auf das glitzernde Wasser in der Ferne. „Das wird es."

„Komm schon Trivarn", rief der Vater. „Zeit zu gehen."

„On nein", kreischte Trivarn. „Kann ich nicht länger bleiben? Die wollen doch Fotos machen."

Nicht wirklich, aber wie könnte ich einem kleinen Jungen erklären, dass wir hier sind, um eine Ork-Scheidung durchzuführen?

Mein Herz zog sich bei dem Gedanken immer mehr zusammen. Alles in mir sagte, dass ich das nicht tun sollte, dass ich für uns kämpfen sollte, aber wie? Ich war mir nicht sicher, was wir waren und was die Bindung war, die unsere Gefühle nährte.

Es würde wehtun, wenn ich Vrok nicht mehr lieben könnte. Ich habe das Gefühl genossen und es mit einem Lächeln im Gesicht getragen.

Ich *mochte* ihn. Ich wollte immer mit ihm zusammen sein.

Ich wollte ihn bitten, mir Kinder zu schenken.

Mir lief der Schweiß den Rücken hinunter, als das Zentaurenkind winkte und zu seiner Familie zurück trabte. Der Vater hob einen großen Picknickkorb, dann brachen er und seine wunderbare Familie in einen Galopp aus und fegten über das offene Feld zwischen dem Picknickbereich und dem Parkplatz.

Die Neugierde ließ mich innehalten und beobachten. Fuhren sie Autos wie Menschen und die meisten Monster?

Bei dieser Familie war das nicht der Fall, zumindest nicht für einen Besuch im Park. Sie verlangsamten ihr Tempo, als sie die Straße erreichten und gingen auf dem

Bürgersteig weiter, mit dem Ziel, das Stadtzentrum zu erreichen.

Ein Blick in die Runde machte deutlich, dass die Sonne bereits am Horizont stand und alle anderen den Park verlassen hatten.

„Wir bauen die Sachen in der Mitte der Brücke auf", erklärte Raze und drängte uns auf die Holzkonstruktion, die den Fluss überspannt. „Ich muss mich bis auf einen Lendenschurz ausziehen." Er warf mir ein Lächeln zu. „Ich hoffe, das ist in Ordnung. Die meisten Zaubersprüche erfordern, dass der Ausführende nackt ist, aber ich habe festgestellt, dass sie genauso gut funktionieren, solange ich nicht viel anhabe."

„Es ist in Ordnung", stieß ich hervor und meine Haut kribbelte vor Unbehagen, aber nicht, weil Raze sich ausziehen würde. Mein Herz klopfte schneller, als es sollte, und meine Handflächen waren schweißnass, allein wegen dem, was wir gleich tun würden.

Wir hielten in der Mitte der Brücke an.

Raze ließ die Taschen auf das Holz fallen und etwas klirrte in einer der Taschen.

„Das ist natürlich improvisiert", sagte er und zog ein rundes Metallstück aus der Tasche, dass ein bisschen wie ein großer Wok aussah. Er legte es in die Mitte der Holzfläche und fügte dann ein paar Flusen und Stöcke hinzu. „Ich muss ein kleines Feuer machen. Tylik hat jedoch alle Zutaten besorgt und es ist ein recht einfacher Zauber. Es sollte nicht lange dauern." Er holte aus der zweiten Tasche kleine Gläser und ein paar Papierpäckchen und stellte sie auf die Holzbrücke, allerdings weit weg vom Feuer.

„Zuerst", erklärte er. „Hellblaue Kerzen, um die Umgebung zu reinigen." Er zündete drei an und stellte sie in einem Kreis um seine improvisierte Feuerstelle auf. Er tippte eine Zutat nach der anderen an. „Drei Körner Feenstaub."

Sie funkelten wie winzige Glühwürmchen in dem durchsichtigen Glas mit Korkstopfen.

„Fünf Strähnen Pumawandlerfell."

Die goldenen Haare lagen in einem kleinen durchsichtigen Papierpäckchen.

„Einhornstaub, der ordnungsgemäß von einem verstorbenen Ältesten erhalten wurde. Ihr jüngster Nachkomme wird normalerweise damit betraut, das Horn zu schleifen und für Zaubersprüche zu verarbeiten. Wenn es gestohlen oder erzwungen wurde, würde es nicht funktionieren." Das Pulver befand sich in einer leuchtend goldenen Schachtel, die aus Metall zu sein schien. War es echtes Gold?

Gut, dass er Tylik vertraute, dass er nur human gewonnene Zutaten besorgte. „Nur noch eine übrig", sagte Raze und tippte auf ein großes, dünnes Fläschchen, das auf der Seite lag. „Eine Phoenixfeder. Dafür kannst du wahrscheinlich deinem Freund Nyxor danken. Wenn er sie abwirft, sammelt er sie ein und gibt sie Tylik."

Die Kerzen flackerten und ich nahm einen Hauch von etwas wahr, das vage nach Pfefferminz roch, nur mit einem scharfen, fast erdigen Nachklang. Der Geruch erfüllte die Luft und ein leises Flüstern hallte um uns herum.

„Ist es okay zu sprechen, während du das tust?", fragte ich.

„Wenn ihr Fragen habt", erwiderte Raze. „Solltet ihr sie

jetzt stellen. Mir wäre es lieber, wenn ihr nicht sprecht, während ich die letzten Teile des Zaubers ausführe." Sein düsterer Blick erfasste meinen. „Du musst wissen, dass du vielleicht Dinge siehst oder hörst, die sich für einen Menschen unwirklich anfühlen, aber das ist nur ein Teil des Zaubers."

„Was für Dinge?"

Er zuckte mit den Schultern. „Ich habe diesen Zauber noch nie gemacht, also kann ich es nicht genau sagen. Es ist üblich, dass ein Geist herbeigerufen wird, der mir bei dem Zauber hilft und das kann eine Kreatur oder ein Monster wie ich sein. Vielleicht wird aber auch kein Wesen teilnehmen. Wir werden es bald wissen."

„Ich verspreche, dass ich leise sein werde."

Vrok nahm meine Hand und drückte sie. Wir lehnten uns an das gegenüberliegende Geländer und sahen Raze dabei zu, wie er sich bis auf einen Lendenschurz, der um seine Taille und zwischen seine Beine gewickelt war und die lebenswichtigen Stellen kaum bedeckte, entkleidete.

Komisch. Ein prächtiger Oger hatte sich fast vollständig entkleidet, aber mein Puls schlug nicht einmal schneller. Vrok war der Einzige, den ich nackt sehen wollte.

„Werden wir nach Abschluss des Zaubers sofortige Ergebnisse sehen?", fragte ich.

„Wenn es funktioniert, ja."

„Es könnte nicht funktionieren?", wunderte sich Vrok.

Raze zuckte mit den Schultern. „Wie ich schon sagte. Ich habe so etwas noch nie gemacht, aber ich vertraue Tylik. Er ist der Experte. Ich werde die Anweisungen genau befolgen. Ihr beide solltet in wenigen Minuten geschieden sein."

Ich fuhr mit den Fingern über eine der Markierungen. Ich würde sie vermissen, wenn sie weg wäre.

Ich würde Vrok vermissen.

Nein, ich würde ihn immer noch sehen. Wir würden Freunde sein. Vielleicht würde er mich gelegentlich besuchen, um mir bei meinen Büchern zu helfen, wenn die Bindung erst einmal aufgelöst war.

„Ich fange jetzt an", sagte Raze und sein ernster Blick traf erst meinen, dann den von Vrok. „Seid ihr euch ganz sicher, dass ihr das tun wollt?"

Ich kniff die Augen zusammen und nickte ruckartig. Ich konnte nicht sprechen; es würde zu sehr wehtun, wenn ich es täte.

Vrok murmelte seine Zustimmung.

„Nun gut", seufzte Raze. „Bitte schweigt."

KAPITEL 21
vrok

Raze tanzte langsam um das Feuer und murmelte Worte in der alten Oger-Sprache. Ich konnte sie nicht verstehen, aber das war okay. Ich war mir nicht sicher, ob ich das wissen wollte.

Ich dachte immer wieder darüber nach, was passieren würde, wenn unsere Bindung gebrochen war. Würde ich mich immer noch nach Seyla sehnen, oder würde ich sie ansehen und mich fragen, warum ich so begierig darauf war, jeden Zentimeter ihres Körpers zu lecken?

Ihre Hand lag schwitzig in meiner, aber das war auch in Ordnung. Ich wischte mir immer wieder die Schweißperlen weg, die mir über die Stirn liefen.

Raze hielt inne und hob das Fläschchen mit dem Feenstaub. Er öffnete es mit dem Korken nach unten über dem Feuer; die drei Körner schwebten heraus in die Flammen. Sie loderten und Raze warf sich nach hinten. Er hockte sich hin und beobachtete, bis die Flammen wieder erloschen.

Mit einem Nicken hob er eine kleine Holzschale und

stellte sie in den von den drei Kerzen gebildeten Kreis. Darin schüttete er den Einhornhornstaub, fügte das Pumafell hinzu und drapierte schließlich die Phoenixfeder über der Mischung.

Er kippte das Wachs der Kerzen in die Schale, eine nach der anderen, und ein starker Geruch wehte durch die Luft, sodass meine Haare sich aufstellten.

Seyla schaute mich besorgt an; ich hatte noch nie jemanden gesehen, der schöner war als diese Frau im Feuerschein.

Machte ich einen schrecklichen Fehler?

Es musste so sein, aber war es falsch, etwas zu zerstören, das uns das Schicksal geschenkt hatte?

Jetzt war es zu spät. Wir hatten uns vorgenommen, die Sache durchzuziehen, und das Schicksal möge uns beistehen, wenn wir es am nächsten Morgen bereuen.

„Zerbrich diese Bindung, damit sie frei sein können", rief Raze. „Keine vollkommene Liebe mehr wird ihre Wege kreuzen."

Er hob die Phoenixfeder und entzündete sie an der nächstgelegenen Kerze. Schnell berührte er die glühende Spitze an jeder der anderen Kerzen, bevor er sie in den Feuerkorb fallen ließ.

Er lehnte sich zurück, als der Rauch vom Feuer aufstieg, sich den Wolken näherte und an ihnen vorbeirauschte.

Die Rauchspirale und das Feuer erloschen und ließen uns in der Stille zurück, die nur durch unser röchelndes Atmen unterbrochen wurde.

„Erledigt", sagte Raze, seine Stimme war voller Sorge.

„Ich habe eine Taschenlampe. Lasst uns das mal anschauen."

Seyla drückte meine Hand und ich erwiderte die Geste.

Ich war mir nicht sicher, wie ich mich fühlte, aber ich würde es bald wissen.

Raze knipste das Licht an und richtete es auf uns.

Seyla schnappte nach Luft.

Die Symbole waren immer noch an unseren Handgelenken.

KAPITEL 22

Seyla

Ich fuhr mit den Fingern über das Symbol an meinem rechten Handgelenk, aber in meinem Herzen wusste ich es bereits.

Wir waren immer noch miteinander verbunden.

„Ich habe alles richtig gemacht. Das weiß ich", sagte Raze. „Aber aus irgendeinem Grund hat der Zauber nicht gewirkt." Sein Blick suchte meinen, dann den von Vrok. „Ich kann es noch einmal machen, wenn ihr wollt."

„Besteht die Möglichkeit, dass der zweite Zauber funktioniert, wenn der erste nicht funktioniert hat?", fragte Vrok.

Raze schüttelte den Kopf. „Das bezweifle ich."

Auf mein Nicken hin begann er, seine Vorräte einzusammeln.

„Was sollen wir tun?", fragte ich.

Er trug die Reste des Feuers zum Ufer hinüber und kippte sie in den Schlamm, dann kehrte er zurück, um die

Metallpfanne in eine Tasche zu stopfen. „Ich schlage vor, ihr weitet die Sache aus."

„Was meinst du?", fragte Vrok.

„Meine Mutter kann einen stärkeren Zauber sprechen. Sie muss es aber an der Schwelle zum Feenreich tun, denn was sie tun wird, ist durch den Vertrag streng verboten."

Was würde das bedeuten? Es schien, als würde ich es herausfinden.

„Dann werden wir das tun", sagte Vrok und sein Blick suchte meinen. „Richtig?"

„Ja." Mein Mund spannte sich an und mein Bauch kribbelte. Ich war mir nicht sicher, wie ich mich fühlte.

Eigentlich fühlte ich mich gut, als ob die Dinge so laufen würden, wie sie sollten. Aber es musste die Bindung sein, die spricht nicht mein Herz.

„Ich werde Mom anrufen", sagte Raze, während wir ihm halfen, alles in sein Fahrzeug zu tragen. „Erwartet bald von ihr zu hören."

Vrok und ich sagten nichts, als wir nach Hause fuhren. Als er in seiner Einfahrt geparkt hatte, erhielt er eine SMS von Raze.

Mom wird euch morgen am späten Nachmittag abholen. Packt eine Tasche für mindestens eine Nacht.

„Weißt du etwas darüber, was sie tun wird?", fragte ich Vrok, als wir in seiner Einfahrt saßen.

Er schüttelte den Kopf und stellte den Motor ab. „Nicht im Geringsten. Ich habe das Internet durchforstet, aber die Monster sind immer noch misstrauisch, wenn es darum geht, Informationen dort zu veröffentlichen, wo Menschen sie finden könnten. Ich konnte kaum etwas über die Bindung in Erfahrung bringen. Rylee hat einen Blog, in dem sie alle paar Monate etwas schreibt, aber sie konzentriert sich eher auf ihre Beziehung zu Gunner und Josh, ihrem Sohn. Ich habe es noch nicht übers Herz gebracht, Max zu fragen."

„Willst du noch etwas zusammen unternehmen, bevor wir gehen?" Ich klammerte mich an ihn, aber ich konnte nicht anders. Ich wollte immer bei ihm sein. War das so schlimm?

„Ich muss etwas Arbeit nachholen, wenn ich ein paar Tage weg bin." Er starrte nach vorne, ohne mir in die Augen zu sehen.

„Also gut." Ich öffnete meine Tür. „Wir sehen uns dann morgen Nachmittag, wenn Annalisa hier ist."

Ich habe mir Zeit genommen, mein Buch zu Ende zu schreiben, obwohl ich das Ende immer wieder hinausgezögert habe. Nichts fühlte sich richtig an.

Wie ich und Vrok.

Ich legte es beiseite. Vielleicht würde ich, sobald die Bindung gebrochen war, einen Weg finden, meinem Paar das Happy End zu geben, das es verdient hatte.

Danach würde ich mit der Planung des nächsten Buches einer anderen Serie anfangen, einer Monsternovelle über eine Frau und einen Gargoyle. Ich wollte etwas Lustiges und Unbeschwertes schreiben, aber beim Tippen des ersten Zusammentreffens schmerzte mein Herz.

Sriracha versuchte immer wieder zu helfen, indem er

auf meine Tastatur plumpste, zu mir hochschaute und mir mit Schnurren und leisem Miauen mitteilte, dass meine einzige Priorität im Leben darin bestehen sollte, ihn zu streicheln.

Zahlreiche Streichel- und Kratzeinheiten unter seinem Kinn führten dazu, dass überall Katzenhaare herumflogen, von denen zu viele in meinem Kaffee landeten.

Schließlich legte ich die Geschichte beiseite und scrollte durchs Internet.

Am späten Nachmittag brachte ich Sriracha zu Lunas Tierpension.

„Es tut mir leid, dass ich dir keine genaue Uhrzeit für die Abholung nennen kann", sagte ich.

„Es ist in Ordnung", erwiderte sie mit einem Lächeln. „Er ist ein Süßer. Ich nehme ihn gern. Du weißt, dass ich immer geöffnet habe. Haustiere sind mein Ding. Ich verspreche, dass ich ihm viel Liebe und Streicheleinheiten geben werde. Er wird dich kaum vermissen."

„Danke." Ich wollte sie über Paarungsbindungen befragen. Glaubte sie, dass diejenigen, die sich bereits verbunden hatten, jemals an der Realität zweifelten? Ich war mir einfach nicht sicher, was ich von all dem hielt.

Ich kehrte nach Hause zurück, überprüfte meine Tasche noch einmal und stellte sie vor der Haustür ab.

Als ein klingelndes Geräusch von der Vorderseite meines Hauses ertönte, spähte ich durch die Vordertür und sah die Elfkutsche, die von vier Flisteers gezogen wurde, die vage an Einhörner mit Flügeln erinnerten. Sie waren eine Leihgabe aus dem Feenreich und wurden von Elfen hierhergebracht.

Ich war schon einmal mit Kate und Tylik in einer solchen Kutsche unterwegs gewesen und hatte aus den Fenstern beobachtet, wie uns die Flisteers durch die Luft zogen.

Annalisa stand neben der Kutsche. Als sie meinen Blick bemerkte, winkte sie.

Ich schnappte mir meine Tasche, betrat meine kleine Terrasse und schloss die Haustür hinter mir ab.

Vrok kam nach draußen. Merith verließ seine Schulter und flog hinüber, um auf meiner zu landen. Ich streichelte ihren prächtigen Rücken und sie schnurrte, während ich zu Annalisas Kutsche hinüberging.

Vrok und ich stellten unsere Taschen hinten ab und stiegen ein.

Ich war überrascht, dass Murtik mir und Vrok gegenübersaß, aber vielleicht hatten er und Annalisa sich ja versöhnt. Das Letzte, was ich gehört hatte, war, wie sie sich stritten - aus gutem Grund. Murtik neigte zum Flirten, etwas, das mich wahnsinnig machen würde, wenn ich mit ihm zusammen wäre.

Merith hüpfte von meiner Schulter und setzte sich zwischen mich und Vrok. Sie schien die Stirn über mich und dann Vrok zu runzeln, aber was wusste ich schon über Dragonettes?

„Alle bereit?", fragte Annalisa, kletterte hinein und ließ sich neben Murtik nieder. Er legte seine große Handfläche auf ihren Oberschenkel und drückte ihn sanft.

„Ja", erwiderten Vrok und ich gleichzeitig.

Die Symbole an meinen Handgelenken flackerten auf, als ich in seiner Nähe war und ich bemerkte, dass seine dasselbe taten. Ich hatte mich an sie gewöhnt. Ich sah sie *gern*. Es wäre seltsam, wenn sie verschwinden würden.

„Was können wir uns davon erhoffen?", fragte ich.

„Es wird ein paar Stunden dauern, bis wir die Barriere erreichen", erklärte Annalisa. „Wir werden die Nacht dort verbringen. Ich habe Zimmer für uns reserviert." Ihr Blick wanderte von mir zu Vrok. „Was den Zauber betrifft, so ist es besser, wenn ich nicht zu viele Details verrate. Wie mein Sohn erwähnte, sind solche Zaubersprüche im Menschenreich streng verboten. Ich habe die Erlaubnis erhalten, ihn auszuführen. Allerdings musste ich versprechen, dass ich es an der Grenze zwischen dem Feen- und dem Menschenreich tun würde, wo solche Dinge erlaubt sind."

Sie lehnte sich an Murtik und er legte einen Flügel um ihren Rücken. „Seid ihr sicher, dass ihr das tun wollt? Ein Paarungsband ist heilig. Es zu brechen ..." Sie schüttelte traurig den Kopf. „Wenn ihr es bereut, gibt es kein Zurück mehr."

„Was könnten wir schon bereuen?", fragte Vrok. „Das wurde uns aufgezwungen. Wir wissen nicht, was real ist und was nicht."

„Wenn ihr zusammen sein wollt, dann ist das echt. Vertraut mir." Sie streichelte Murtiks Schenkel und er küsste ihre Schläfe. „Es sei denn, ihr beide mögt euch nicht?"

Vrok und ich sahen uns gegenseitig an.

„Ich mag ihn", sagte ich leise. Ich vermutete, dass ich ihn immer mögen würde, Bindung hin oder her.

„Ich fühle dasselbe", erwiderte er mit einem Lächeln nur für mich.

Annalisa stieß einen Atemzug aus. „Und ihr wollt immer noch, dass ich das tue?"

„Ja", erwiderten Vrok und ich gleichzeitig.

Wenn man mich fragt, muss ich zugeben, dass ich es nicht beenden wollte, aber der Gedanke, Vrok zu zwingen, mit mir zusammen zu sein, wenn er tief in seinem Inneren mein Leben nicht teilen wollte, war wie ein großer Stiefel, der auf meinen Gefühlen herumtrampelte. Liebe sollte man freiwillig geben.

„Also gut", sagte sie und klopfte gegen die Wand des Wagens.

Die Kutsche hob ab und schwebte über die Stadt und den Wald. Wir waren erst etwa zehn Minuten unterwegs, als hinter uns ein seltsames Geräusch ertönte.

„Hier oben gibt es keinen Verkehr, oder?", fragte ich und lehnte mich auf meinem Sitz nach vorne, um aus dem Fenster zu schauen, obwohl ich nichts sah.

„Ich bin nicht mehr mit einer Kutsche geflogen, seit ich das Feenreich verlassen habe, aber es ist selten, dass man ein anderes Fahrzeug am Himmel sieht", erwiderte Annalisa.

„Ich sehe nur andere Gargoyles und ein paar Drachen und Wyvern", sagte Murtik mit einem Stirnrunzeln. Seine Hand zuckte an seiner Seite, wo er eine Klinge an seinem Gürtel trug. „Ich werde das überprüfen."

Er öffnete die Tür und sprang nach draußen. Seine Flügel schlugen weit aus, als der Wagen an ihm vorbeizog.

Vrok knurrte, als das seltsame Geräusch lauter wurde. Endlich wurde mir klar, was ich da hörte.

„Eine Polizeisirene?", fragte ich stirnrunzelnd. Als ich meinen Kopf wieder durch die Fensteröffnung steckte, schluckte ich und sah, dass sich hinter uns ein Polizeifahrzeug mit Blaulicht näherte. Ich kroch in meinen Sitz. „Sheriff Venom hält uns an. Ist das überhaupt möglich, wenn wir fliegen? Er fährt ... einen Geländewagen, der nicht durch die Luft fliegen sollte."

„Ich habe noch nicht gehört, dass unser dämonischer Freund so etwas zuvorgetan hat", erwiderte Annalisa.

„Sind wir zu schnell geflogen?", fragte ich naiv.

„Ich glaube nicht, dass so etwas bei Flisteers passieren kann", erwiderte Vrok. „Sie haben nur ein Tempo."

Die Kutsche wurde langsamer und ich befürchtete, sie würde vom Himmel fallen, wenn die Flisteers aufhörten, mit den Flügeln zu schlagen. Von Tylik hatte ich bereits erfahren, dass die Kutsche selbst allein durch Magie hinter den Kreaturen schwebte. So wie der mythische Weihnachtsmann in seinem Schlitten, der von acht Rentieren gezogen wird. Sie lenkten ihn, sie hielten ihn nicht in der Luft. Trotzdem war es ein beunruhigender Gedanke.

Die Sirene verstummte und Murtik stieg wieder ein.

„Venom hat ein paar Fragen", verkündete er und ließ sich auf dem Sitz neben Annalisa nieder. „Er sagt, dies sei eine routinemäßige Verkehrskontrolle."

Vrok und ich blinzelten uns gegenseitig an.

Sheriff Venom schwebte bald vor dem linken Fenster und spähte in die Kutsche.

„Wohin gehts um diese Zeit?", fragte er. Seine rötliche, bronzefarbene Haut schimmerte in der späten Sonne. Er ähnelte jedem mythischen Dämon, den ich in Büchern gesehen hatte, mit dicken Hörnern, die aus seiner Stirn und über seinen Kopf ragten, und dunklem Haar. Sein muskulöser Körperbau glich dem eines Orks oder Ogers und spannte den Stoff seiner Sheriff-Uniform. Ich hatte gehört, dass er manchmal Magie anwenden konnte.

„Ich muss einen Zauber durchführen", sagte Annalisa und hob ihre dunklen Augenbrauen. „Wenn du so freundlich wärst, uns zu erlauben, fortzufahren, Venom."

„Welche Art von Zauber?", fragte er und nickte mir und Vrok zu. „Du weißt doch, dass die meisten davon verboten sind."

„Ich habe die besondere Erlaubnis, einen Paarungsbindungszauber zu sprechen", erwiderte sie.

„Wer zum Teufel würde ein Paarungsband auflösen wollen?", brüllte er und sein feuriger Blick schoss wieder in Vroks und meine Richtung. Er schaute auf unsere Handgelenke und brummte. „Ihr zwei?"

„Ja", erwiderte Vrok entschlossen.

„Es gab eine Zeit, in der ich getötet hätte - und es vielleicht auch getan hätte - um meine Schicksalsgefährtin zu behalten", sagte er. „Ich kann nicht glauben, dass jemand bereit ist, etwas so Wertvolles zu zerstören."

Ich hatte noch nicht gehört, dass sich Dämonen paaren, aber ich wusste auch nicht viel über sie. Unser Sheriff war der Einzige, der hier war. Niemand wusste, wie er nach Monsterville gekommen war, um für das Amt des Sheriffs zu kandidieren und niemand wagte es, ihn zu fragen. Tylik erklärte, dass Venom die Unterwelt verlassen hatte und nicht vorhatte, zurückzukehren. Ich nahm an, dass die Unterwelt dasselbe ist wie die Hölle.

„Wir empfinden anders", sagte Vrok vorsichtig.

„Aber sie ist das Licht in deiner Dunkelheit", knurrte

Venom und seine poetischen Worte, die er mit einem Knurren aussprach, wären unter anderen Umständen komisch gewesen.

Vrok zuckte zusammen. „Ich bin ein Ork, kein Dämon. Ich besitze die Dunkelheit nicht."

„Das haben schon so viele vor dir gesagt." Venom schüttelte den Kopf. „Du weißt, was ich meine."

Ich wusste es nicht, und ich nahm an, dass Vrok es auch nicht wusste.

Annalisa beobachtete uns. „Benötigst du weitere Informationen von uns?" Sie streckte ihre Hand aus, die Handfläche nach oben, und auf ihrer schwieligen Haut erschien ein schimmernder goldener Stern. „Das ist mein Pass. Wir werden zur Grenze reisen, wo wir bleiben werden, bis der Zauber morgen oder übermorgen, je nach Wetterlage vollendet ist. Es muss wolkenlos sein, damit ich den Zauber durchführen kann."

Sheriff Venom brummte. „Nein, ich habe keine weiteren Fragen." Er schnippte mit den Krallen in unsere Richtung. „Geht ihr Narren. Aber seid euch im Klaren darüber, dass ihr einen schrecklichen, unwiderruflichen Fehler begeht." Trauer erfüllte seine dunklen Augen, die Flammen erloschen. „Wenn ich auch nur einen Moment mit *ihr* haben könnte, würde ich ihn nie vergeuden."

Von wem hat er gesprochen? Ich habe mich nicht getraut zu fragen.

So wie sich Annalisas und Murtiks Lippen verzogen, mussten sie dasselbe fühlen.

Unser Sheriff drehte sich um und schwebte zurück zu seinem Fahrzeug.

Ich beobachtete, wie der Geländewagen auf eine Straße weit unter uns stürzte. Das Fahrzeug landete auf den Bürgersteig, wendete und fuhr zurück in Richtung Stadt.

„Unser reizender Sheriff hat gerade interessante Informationen geliefert", sagte Annalisa leise. Ihr Blick traf den von Murti; er nickte.

Die Kutsche flog ein paar Stunden, bevor sie langsamer wurde und dann auf einem großen Feld landete. Die Sonne war schon lange verschwunden, aber die Lichter, die am Rande des Feldes aufgereiht waren, luden uns ein, herauszutreten und auf sie zuzugehen.

Fünf silbern glänzende Gebäude, die wie kleine Schlösser aussahen, standen an einer Seite des Feldes in einer Reihe. Jenseits von ihnen schwankte die Luft. Die Barriere zwischen meiner Welt und dem Feenreich? Das muss es sein.

Die Kutsche hielt vor einem der Schlösser, wir stiegen aus und holten unsere Taschen aus dem Kofferraum.

Merith ließ sich auf der rechten Schulter von Vrok nieder.

„Hier entlang", sagte Annalisa und schritt auf das Gebäude zu. Wir gingen hinein und ich starrte auf die silbernen Verzierungen an der Decke und an den Türen des großen, offenen Foyers. „In diesem Gebäude gibt es zwei Schlafzimmer." Ihr Blick fiel auf uns. „Murtik und ich nehmen das eine, ihr könnt das andere haben."

KAPITEL 23

vrok

„Wir sind hier, um unser Paarungsband zu brechen und du willst, dass wir zusammen schlafen?", fragte ich und hielt meine Stimme so neutral wie möglich.

Mein Herz machte einen Sprung bei dem Gedanken, obwohl es das nicht hätte tun sollen. Würde ich mich anders fühlen, wenn das hier vorbei war? Es wäre seltsam, Seyla anzuschauen und nichts zu fühlen.

„Wir können nicht zusammen schlafen", sagte Seyla und schob sich dicht an meine Seite.

Ich lege meinen Arm um sie und zog sie nah an mich.

„Ich habe diese Zimmer kurzfristig bekommen", erhalten Annalisa. „Es gibt keine anderen in der Gegend."

„Wir könnten draußen schlafen", schlug Seyla vor und sah zu mir auf. „Oder irgendwo anders im Gebäude. Wie auch immer."

„Wenn wir miteinander schlafen, festigen wir die Bindung", erwiderte ich.

Seit wir Monsterville verlassen hatten, war ich innerlich

aufgewühlt. Venoms Worte hatten meine wachsende Bestürzung nur noch vergrößert.

Wollte ich die Beziehung zu Seyla wirklich beenden? Ich konnte mir nur die Glückseligkeit in ihrem Gesicht vorstellen, als sie sich an mich presste, während wir mit der Achterbahn fuhren. Wie sie mich in der Küche aufgezogen hat, indem sie Zeilen aus ihrem Buch rezitierte. Und wie Merith sie anbetete.

Machte ich gerade den größten Fehler meines Lebens?

Ich war versucht, der Sache ein Ende zu setzen, aber es ging nicht nur um mich. Seyla wollte aussteigen, und sie gegen ihren Willen zu zwingen, mit mir verbunden zu bleiben, wäre ein noch größerer Fehler, als es zu beenden.

„Wie kommst du darauf, dass sich die Bindung festigt, wenn ihr zusammen seid?", fragte Annalisa.

„Wir hatten noch keine Penetration", erwiderte ich. „Die Bindung ist da, aber sie ist noch nicht vollständig.

Annalisa schnaubte. „Das ist ein altes Märchen, das nicht auf Tatsachen beruht."

„Du meinst, wenn wir Sex haben, werden wir die Bindung nicht verstärken?", fragte Seyla mit einem Stirnrunzeln.

„Das ist richtig", erwiderte Annalisa.

Seyla warf mir einen unsicheren Blick zu. „Hm."

„Was würdest du gerne tun?", fragte ich.

Sie zuckte mit den Schultern. „Wir können teilen. Es wird schon gehen. Wir müssen ... nichts tun."

„Nun gut", sagte Annalisa. „Murtik und ich werden euch bei Sonnenaufgang sehen. Wenn die Sonne scheint und kein Regen vorhergesagt ist, werde ich mit dem Zauber fortfahren. Esst bitte nicht nach Mitternacht. Der Zauber wirkt am besten, wenn eure Bäuche leer sind."

Wir trugen unsere Taschen die Treppe hinauf und fanden einen Treppenabsatz, der sich nach links und rechts teilte. Auf jeder Seite wartete eine einsame Tür.

„Hier entlang", forderte Annalisa Murtik auf. Ihr ernster Blick fiel auf uns. „Ihr zwei habt die andere Suite."

Wir traten ein, schlossen die Tür hinter uns und ich betrachtete den riesigen Wohnbereich. Links und rechts von uns gingen gewölbte Türen ab.

Merith verließ meine Schulter und landete auf der Rückenlehne des Sofas. Sie beobachtete uns, aber wie bei den meisten Ausdrücken meines Haustiers konnte ich nicht deuten, was sie dachte. Wahrscheinlich fragte sie sich, wo wir waren und warum wir hierhergekommen waren. Aber mehr auch nicht.

Seyla schritt quer durch den Raum nach rechts und ich folgte ihr.

„Küche", sagte sie, trat ein und öffnete den Kühlschrank. „Vorrätig, falls wir vor Mitternacht noch etwas essen wollen."

Ich folgte ihr zu der anderen offenen Tür, wo wir einen großen Raum mit einem Bett vorfanden, das groß genug war, um viele übergroße Monster zu beherbergen.

„Doppelte Orkgröße", schmunzelte sie. „Ich kann die Couch nehmen, wenn du willst."

„Oder ich."

„Oder ..." Sie drehte sich ganz zu mir um. „Wir könnten das Bett teilen."

Mein Puls beschleunigte sich. „Was sagst du da, Seyla?"

„Ich muss dich um einen Gefallen bitten." Ihr Blick wich meinem aus hinunter zu ihren Händen, die sie fest vor ihrem Körper verschränkte. „Würdest du mit mir Liebe machen?"

Ich schluckte, weil ich nicht wusste, was ich sagen sollte.

Sie hob einen Finger. „Lass es mich erklären. Weißt du, ich bin in dich verliebt. Ich weiß, dass es nicht echt ist, aber es könnte das einzige Mal sein, dass ich jemanden so sehr liebe wie dich. Übermorgen wird es vorbei sein." Ihr durchdringender Blick traf meinen. „Ich möchte wissen, wie es ist, mit jemandem zusammen zu sein, den ich liebe, für den ich sterben würde, für den ich alles opfern würde, um ihn glücklich zu machen. Das bist du Vrok, in guten wie in schlechten Zeiten." Sie brauchte lange, um zu schlucken. „Wenn du das nicht tun willst, verstehe ich das. Dann sag nein, aber ich wollte fragen."

„Das will ich mehr als alles andere Seyla", erwiderte ich und meine Stimme brach. „Ich möchte auch wissen, wie es sich anfühlt, mit jemandem zusammen zu sein, den ich liebe."

KAPITEL 24

Seyla

Er schloss die Schlafzimmertür und trat auf mich zu.

Ich bin ihm auf halbem Weg entgegengekommen.

Wir hielten uns an den Händen und starrten uns lange Zeit an.

„Es ist lustig", sagte ich.

„Was?" Er ließ eine meiner Hände los und strich mir die Haare aus dem Gesicht, indem er sie über meine Schulter gleiten ließ.

Selbst eine so einfache Berührung brannte in mir wie das heißeste Feuer. Sie entzündete etwas in mir, ein Verlangen nach Vrok, das ich nicht unterdrücken konnte.

„Jedes Mal, wenn wir etwas Sexuelles gemacht haben, war es spontan", sagte ich. „Und ich hatte das Gefühl, dass wir uns nicht zurückhalten konnten. Jetzt sind wir in einem Schlafzimmer und wir werden alles tun, aber ich bin schüchtern."

„Wir müssen nichts tun, wenn du nicht willst."

Mein Lachen klang etwas zu hoch, als dass ich mich wohlfühlte. „Oh, ich will es tun. Schon seit langem."

„Mir ging es genauso. Ich habe mein Bestes getan, um nichts für dich zu empfinden. Ich war verletzt und ich wollte nicht noch einmal verletzt werden. Ich ahnte von Anfang an, dass der Schlag, den du mir versetzen könntest, zehnmal schlimmer sein würde als der, den ich von meiner Ex bekommen hatte."

„Und jetzt sind wir hier und werden Sex haben. Morgen früh werden wir unsere Bindung beenden und getrennte Wege gehen. Ich werde mich nicht nach dir sehnen und du wirst dich nicht nach mir sehnen." Bei dem Gedanken, nicht mit ihm zusammen zu sein, möchte ich mich zusammenrollen und weinen. Würde mich dieses Gefühl auch verlassen? Das wäre besser.

„Wir können es langsam angehen."

Ich grinste. „Bis uns die Dinge einholen und uns wegfegen."

Sein Grinsen entsprach dem meinen. „Ich habe das Gefühl, dass wir nicht lange brauchen werden." Er griff nach dem Saum seines Shirts und zog es sich über den Kopf. Es verfing sich an seinen Hörnern; er knurrte, als er damit rang.

„Lass mich dir helfen", lachte ich.

Er beugte sich vor, ich zog den Stoff vorsichtig von seinen Hörnern weg und streifte ihm das Shirt über den Kopf.

„Du hast einen tollen Körper", sagte ich und bewunderte seine muskulöse Brust.

„Du auch", erwiderte er und seine Fingerspitzen streichelten unter meinem Shirt über meinen Bauch. „Zeig es mir. Ich will an allem saugen."

„Du bist gut im Saugen."

Ein teuflisches Lächeln zupfte an seinen Mundwinkeln. „Ich bin inspiriert, wenn ich mit dir zusammen bin."

Ich riss mir das Shirt weg und dann den BH.

„Wunderschöne Brüste mit großen, dunklen Brustwarzen, die gesaugt werden müssen", sagte er und beugte sich vor. Er leckte an einer Brustwarze, während seine Finger über die andere fuhren und sie zu festen Knospen formten.

Ich war sofort von den Gefühlen überwältigt. Mein Kopf kippte nach hinten und ich stöhnte bei dem berauschenden, wundersamen Gefühl, wie er meine Brüste liebte.

Er öffnete meine Hose und ich wackelte mit den Hüften, um mich ihrer zu entledigen. Meinem Höschen auch.

Im Handumdrehen hatte ich seine Hose aufgemacht und er sie ausgezogen. Während unserer unbeholfenen Bewegungen saugte er mit seinem Mund fest an meiner Brustwarze.

Seine Krallen fuhren an meinen Seiten entlang und über meine Hüften zu meinem Hintern, den er packte und mich ganz an sich zog.

Er hatte bereits einen Ständer; ich griff nach dem dicken, langen Ding und streichelte es, während er gegen meine Brust stöhnte.

Mit einem feuchten Knallgeräusch verabschiedete er sich von meiner Brustwarze und küsste meinen Hals hinauf, bis er meinen Mund erobern konnte.

Seine Zunge streichelte meine und verwickelte uns ineinander, bis ich nicht mehr sicher war, wo er anfing und ich aufhörte.

Überall. Ich habe nicht aufgehört; das war erst der Anfang.

Schicksalsgefährte, mein Herz weinte. Wir waren die Vollkommenheit. Wunder. Schönheit. Es würde nie einen anderen geben, der ihn ersetzen könnte.

Er hob mich hoch und trug mich zum Bett hinüber, wo er mich auf die seidige Decke legte. Sie fühlte sich wunderbar auf meiner nackten Haut an, aber dass er über mich kroch, mich umschloss, fühlte sich noch besser an.

Er küsste mich weiter, ich streichelte seine Hörner und wunderte mich, wie unterschiedlich und doch ähnlich wir waren. Wir waren zwei aufeinandertreffende Seelen, die miteinander Freude fanden.

Morgen würden wir es beenden.

Daran wollte ich nicht denken. Ich musste die heutige Nacht auskosten, um mich zum Leben zu erwecken.

Er strich über meinen Oberschenkel und ich spreizte meine Beine. Seine Fingerspitzen fanden mich, streichelten mich, und in kürzester Zeit wand ich mich unter ihm und bettelte mit wildem Wimmern um alles.

„Nicht so schnell", murmelte er, küsste meine Brüste und saugte an meinen Brustwarzen. Er küsste von oben nach unten, über meinen Bauch, und tauchte seine Zunge in mich ein, um sie zu rotieren. Die Fingerkuppe seines Daumens konzentrierte sich auf meine Klit und streichelte sie.

Ich bäumte mich ihm gegenüber auf; er stützte mich mit einem Arm ab und drückte mich ans Bett.

Ein Orgasmus durchfuhr mich und ich kreischte, meine Schreie lösten sich in Stöhnen auf. Die Bewegungen seiner Zunge wurden langsamer, er leckte vorsichtig über meine Innenwände und stöhnte.

Ich dachte nicht, dass mein Körper noch mehr aushalten würde, aber bald vertiefte sich seine sanfte Berührung und er fügte einen Finger hinzu, den er über meinen G-Punkt hin und her gleiten ließ.

Ein Stöhnen entfuhr mir und er sah auf, seine Augen funkelten.

Er streckte seine Zunge heraus und erhob sich über mich. „Ich brauche dich."

„Ich gehöre dir Vrok. Ich liebe dich."

„Und ich liebe dich." Er drehte mich auf den Rücken, hob meine Hüften an und spreizte meine Beine weit.

Ich biss mir auf den Handrücken und drückte mich zurück, weil ich das brauchte. Ich brauchte ihn.

Er konzentrierte seinen Schwanz auf mein Innerstes.

Mit einem Ruck schob er sich ein Stück in mich hinein. Verdammt fühlte sich das gut an. Sein Umfang dehnte mich fast über den Punkt hinaus, an dem ich es nicht mehr aushalten konnte, aber ich liebte es, wie wunderbar es sich anfühlte, von ihm gefüllt zu werden.

Als er sich zurückzog, hielt er meine Hüften fest umschlossen und stieß erneut zu, wobei er sich tiefer schob.

„Bist du bei mir?", fragte er heiser und beugte sich vor, um meinen Nacken zu küssen. Er biss sanft mit seinen Hauern zu und das trieb mich noch höher.

„Immer Vrok." *Immer*, mein Herz weinte.

Er krümmte sich und küsste weiter meinen Hals und meine Schultern. Als seine Zunge über meine überhitzte Haut glitt, zog er sich zurück und drang tiefer in mich ein, wobei er in mir versank. Es war zu viel, doch dieser Moment würde nie genug sein. Ich war eine gierige Person, wippte zurück, um ihm entgegenzukommen, hob meine Hüften, um sicherzustellen, dass ich keinen Zentimeter seines herrlichen Schwanzes verpasste.

Unsere Stöhngeräusche hallten um uns herum, als er anfing, sich zu bewegen. Er stieß abwechselnd tief in mich hinein und streichelte meine Innenwände, während er sich langsam wieder herauszog.

Er bewegte sich schneller und seine Hand glitt unter mich. Er schnappte meine Klit, während er alles in mir tat und ich jegliche Konzentration verlor.

Alles, was ich war, würde für den Rest meines Lebens mit ihm verbunden sein. Irgendwie wusste ich das.

In diesem perfekten Moment, als er sich schneller bewegte, sein Stöhnen sich mit meinen keuchenden Bitten um mehr vermischte, wurden wir eins.

Unsere Körper gaben der Glückseligkeit nach und ritten mit ihr, bis sie sich an einem sandigen Ufer verausgabt hatte.

KAPITEL 25

vrok

Ich konnte nicht genug von Seyla bekommen, ich liebte sie die ganze Nacht. Ich nahm sie wieder von hinten, während wir uns löffelten und als die Morgendämmerung am Horizont auftauchte, zerrte ich sie aus dem Bett, hob sie hoch und drückte sie gegen die Wand.

„Schon wieder?" Sie stupste meinen Arm an, küsste aber meine Brust.

Ich nickte.

„Dann nimm mich hart und schnell. Präge alles für immer in meinen Geist ein."

Das war mir schon passiert. Wie hätte ich das Beste in meinem Leben aufgeben sollen?

Seyla, meine Seele weinte und ich hatte Mühe, sie zu ignorieren. Es war die Bindung, die da sprach. Nein, es war Seyla. Sie und ich waren dabei, etwas Besonderes zu schaffen, etwas, von dem ich spürte, dass ich es nie wieder bei einer anderen finden würde.

Ich umarmte ihr Gesicht und sah ihr in die Augen. Ich

wollte, dass dies das Beste und unser letztes Mal war. Ich würde sie nach dieser Zeit nie wieder lieben, und das muss ein Verbrechen sein.

Während sie sich an mich klammerte, bewegte ich mich in ihr. Ihre Seufzer wurden lauter. Sie streichelte meine Hörner, ihre Fersen auf meinem Hintern trieben mich an, sie noch härter zu nehmen. Jeder Stoß in ihrem heißen Inneren fühlte sich an wie ein Tag, eine Woche, ein ganzes Leben voller Liebe.

Als sie kam und sich ihr Körper um den meinen wand, gab ich mich dem Vergnügen hin, das ich nur bei dieser Frau finden konnte.

Erschöpft zitterten wir gemeinsam, ihr Rücken immer noch an der Wand, mein Schwanz tief in ihr vergraben.

Sie schaute zu mir auf und schenkte mir das süßeste Lächeln.

Ich ließ mich aufs Bett fallen und hielt sie fest; sie schmiegte sich an mich und drückte sanfte Küsse auf mein verschwitztes Fleisch.

Bis jemand an die Außentür klopfte.

„Ich gehe jetzt nach unten", rief Annalisa. „Bitte kommt in einer Viertelstunde nach. Denkt daran, nicht zu essen."

Wir duschten schnell und obwohl ich versucht war, die Sache mit ihr noch weiter zu treiben, um noch einmal zu kosten, was ich nie wieder genießen würde, war es an der Zeit.

Als die Sonne sich in den Himmel schob, eilten wir die Treppe hinunter und nach draußen.

Annalisa und Murtik warteten im Vorgarten. Sie trug

ein langes, rein schwarzes Kleid und er war ebenso schwarz gekleidet.

Ihr ernster Blick schweifte von mir zu Seyla. „Ja oder nein?"

Ich konnte das Wort nicht aussprechen. Ich konnte nur blinzeln.

Seyla drückte meine Hand und nickte ruckartig.

„Also gut", sagte Annalisa und stupste ihren Kopf in Richtung Wald. „Wenn ihr mir folgen würdet."

Murtik umschloss ihr Gesicht und gab ihr einen Kuss. „Wir sehen uns, wenn es vorbei ist?"

„Bitte hol mich danach ab." Sie klammerte sich an seine Arme und lehnte sich an seine Brust. „Das wird nicht leicht sein."

„Ich liebe dich", flüsterte er. „Ich werde immer für dich da sein."

„Endlich." Sie lächelte ihn an. „Ich liebe dich auch Murtik."

„Dann tu, was du tun musst Liebes. Ich werde immer hier sein, um dich aufzufangen."

Nachdem sie sich geküsst hatten, flog er in die Luft und schwebte über dem Schloss.

„Er kann hier nicht dabei sein", seufzte Annalisa. Sie deutet zur Seite des Schlosses. „Folgt mir. Ich bringe euch an den Rand der Barriere, wo alles vorbereitet ist."

Wir betraten den Wald.

KAPITEL 26

Seyla

Annalisa folgte einem schmalen Pfad tief in den Wald hinein, wobei die Tasche, die sie trug, gegen ihre Wade stieß.

Vrok nahm sie ihr ab, schulterte sie und wir gingen im Gänsemarsch hinter ihr her.

Ich warf ihm immer wieder Blicke über die Schulter zu, obwohl ich mir nicht ganz sicher war, warum. Erwartete ich, dass er sagen würde, dass er den Zauber doch nicht wollte, dass er in der Nacht beschlossen hatte, dass das, was wir hatten, nicht aufgelöst werden sollte?

Das wollte ich sagen, aber wie könnte ich das tun? Es waren nicht die aufrichtigen Gefühle, die in mir brodelten, die darauf bestanden, dass dies real war und nicht nur eine Manifestation der Bindung. Tief in meiner Seele wusste ich, dass dies von Dauer sein würde. Was wir letzte Nacht geteilt hatten, war etwas Besonderes. Wie könnte das jemals falsch sein?

Aber Vrok wollte die Bindung nicht. Er wollte *mich* nicht wirklich. Der Gedanke daran zerriss mich.

Wir kamen auf eine kleine, kreisförmige Wiese, um die herum sich der Wald abzeichnete.

Winzige rosafarbene Blumen wucherten auf der offenen Fläche, eine Decke, die die Umgebung wie einen Traum oder ein Märchen erscheinen ließ.

Annalisa zog ihre Schuhe aus und nickte uns zu, um uns zu signalisieren, dass wir dasselbe tun sollten. Ihr langes schwarzes Kleid flatterte um ihre Knöchel, als sie in die Mitte der Wiese schritt und uns aufforderte, ihr zu folgen. Sie nahm Vrok die Tasche ab, ließ sie ins Gras fallen und kniete sich hin, um Dinge herauszuholen.

Zunächst eine grob geschnitzte Holzschale, die im frühen Sonnenlicht zu leuchten schien, als hätte sie ein Eigenleben.

Feenholz?

Langsam und methodisch begann sie, Zutaten in die Schüssel zu geben, flüsterte seltsame Worte und sang in einer Sprache, die ich nicht verstand. Zuerst fügte sie eine Handvoll scharfer Kräuter hinzu, deren Aroma stark und erdig war. Es umhüllte mich, und ich musste mich beherrschen, um nicht zu niesen. Fasziniert konnte ich kaum den Blick abwenden, obwohl ich Vrok ansah.

Hatte ich gehofft, er würde die Sache beenden, bevor sie fertig war? Seine Lippen blieben in einer geraden Linie mit nur einem seltenen Zucken über seine Stoßzähne.

Annalisa murmelte weiter und fügte eine große Prise von etwas hinzu, das wie Sternenstaub glitzerte. Als er über die Kräuter rieselte, flackerte er auf und ließ die Innenseiten der Schale glitzern. Ein seltsames Summen ertönte, bevor alles wieder still wurde. Ich spürte, wenn wilde Tiere sich in der Nähe aufhielten, die Gegend fluchtartig verlassen würden. Nicht einmal das Zwitschern eines Vogels durchbrach das Geräusch.

Dann zog sie ein Fläschchen aus der Tasche und gab einen einzigen Tropfen auf die Mischung. Als er aus der Pipette fiel, schimmerte er wie ein Ölfleck auf einer Wasserpfütze. Ich sah ... *so viel* in dem Tropfen, als enthielte er eine ganze Welt und die, die darin waren, schrien eine Warnung aus.

Selbst die Fabelwesen schienen mir zu sagen, dass das, was wir taten, falsch war, dass wir es bereuen würden.

Ich rieb mir die Arme, um den Schauer zu vertreiben, aber er blieb bestehen.

Es ist nicht das, was du denkst, sagte ich mir. *Es muss getan werden. Es ist falsch, dass wir eine Beziehung fortsetzen, die durch eine chemische Reaktion entstanden ist.*

Schließlich zog sie etwas aus der Tasche, das wie ein Stück Holz aussah, das eine ganz andere Farbe als die Schale hatte. Im Gegensatz zu einem beliebigen Stock leuchtete dieses Stück in einem satten Burgunderrot, fast so rot wie Blut. Es war glatt und abgenutzt, als wäre es schon ewig alt und hatte die Länge und Breite ihres Unterarms. Sie holte eine einfache Küchenreibe hervor, wie man sie zum Reiben eines Käseblocks verwendet. Sie hielt beide über die Schüssel und stieß fünf schrille Schreie aus, wobei sie das Holz mit jedem Schrei scharf abrieb. Holzstücke flogen über das Gemisch in der Schüssel und es begann sich von ganz allein zu drehen, zunächst langsam gegen den Uhrzeigersinn, dann immer schneller.

Die Zutaten wurden durcheinandergewirbelt, als wären

sie in einen Mixer geworfen wurden, der die Mischung zu einer glatten, glühenden Flüssigkeit aufwirbelte.

Annalisa erhob sich aus der Hocke und glitt langsam um die Schale in die entgegengesetzte Richtung des Stroms. Die Arme ausgestreckt und die Augen geschlossen, sang sie und wiederholte immer wieder einen Satz in einer Sprache, die älter klang als die Zeit.

Die Flüssigkeit schwappte schneller und die Farbe wechselte von einem moosigen Braun zu einem hellen Blau. Als sie die Schritte ihrer nackten Füße beschleunigte, färbte sich die Flüssigkeit blutrot und dann schwarz, dunkler als die tiefste Nacht.

Die Symbole auf meinen Handgelenken flackerten auf und verblassten wieder und wieder, ebenso wie die auf Vroks Armen. Es schmerzte wie einen Bienenstich, wenn sie hell aufleuchteten, aber ich hielt mein Keuchen zurück.

Mit einem schrillen Schrei blieb Annalisa gegenüber der Schüssel von uns stehen. Ihre Hände fielen zu ihren Seiten und die Flüssigkeit kam zum Stillstand. Sie war so klar, dass es fast so aussah, als wäre nichts in der Schüssel.

Annalisa senkte den Kopf und stieß einen leisen Wortschwall aus.

Sie bückte sich, holte zwei Metallbecher aus der Tasche und stellte sie neben die Schüssel. Sie griff die Seiten mit den Handgelenken, nicht mit den Fingern, kippte sie um und schüttete jeweils die Hälfte der Flüssigkeit in die Becher.

„Nehmt einen", sagte sie dumpf, ohne in unsere Richtung zu schauen. „Jeder von euch. Trinkt es, bis es weg ist und euer Wille wird geschehen."

Sie erhob sich und verbeugte sich. Sie drehte sich um und schritt über die Wiese.

Murtik erschien. Als sie taumelte, stürzte er vor und hob sie in seine Arme. Er küsste sie sanft auf die Stirn und hob zum Flug ab.

Über dem Wald schwebend trug er sie in Richtung der Schlösser.

Vrok und ich teilten uns auf und gingen um die Schale herum. Jeder von uns nahm einen Becher.

Ich war mir nicht sicher, ob wir miteinander sprechen konnten, aber meine Augen trafen seine. Selbst jetzt hoffte ich, dass ich dort etwas sehen würde, das mir sagen würde, was wir tun sollten.

Mit einem tiefen Seufzer unterbrach er unseren Blickkontakt und hob seinen Becher. Er leerte ihn und ein Schauer durchfuhr ihn.

Nein, meine Seele weinte.

Ich habe es ignoriert. Was hätte ich sonst tun sollen?

Auch ich trank die Flüssigkeit. Sie schmeckte wie die bittere Asche nach einem Hausbrand, wie die trostlose Leere im Herzen eines längst verlassenen Kindes und wie der Abschaum von allem, was in unserer Welt falsch läuft.

Als ich fertig war, fiel mir der Becher aus der Hand und schlug auf den Boden, ebenso wie der von Vrok.

Ich spürte das Stechen in meinen Handgelenken, aber mein Blick war auf Vrok gerichtet. Seine Symbole flackerten ein letztes Mal auf, bevor sie im Nichts verschwanden und ihn so schnell verließen, wie sie gekommen waren.

Ich stieß ein heftiges Schnauben aus, als ich meine

Arme anhob und nur glatte, unversehrte Haut vorfand, wo so viel Schönheit ein Zuhause gefunden hatte.

„Es ist vollbracht", sagte er dumpf und ging langsam auf den Weg zu, ohne einen Blick in meine Richtung zu werfen. „Wir werden eine Kutsche nach Hause nehmen."

Als ich ihm folgte, pochte mein Puls schwer in meiner Kehle.

Ich starrte auf seinen Rücken, als wir durch den Wald liefen.

Nein, ich prägte mir seinen Rücken ein, die Form seines Kopfes und seinen leichten Duft, der mich umwehte.

Weil ich Vrok immer noch wollte. Mehr als alles andere.

Der Zauber mochte unsere Bindungssymbole gestohlen haben, aber ich wollte *ihn* immer noch.

Wenn überhaupt, dann hatte sich meine Liebe zu ihm vertieft.

KAPITEL 27

vrok

Ich ging durch den Wald und war mir der hinter mir schreitenden Seyla sehr bewusst.

Es gab nichts, was ich ihr sagen konnte und doch wollte ich so gerne auf dem Weg stehen bleiben. Ich würde mich umdrehen und auf die Knie fallen. Ich würde ihre Hände nehmen.

Dann würde ich sie anflehen, mich noch einmal zu lieben.

Der Zauber hatte die Bindung aufgelöst. Ich spürte, wie sie sich in mir löste.

Aber ich habe sie trotzdem geliebt. So sehr. Ihre Schönheit und Anmut durchströmte mich wie das reinste Lied.

Merith schrie von vorne. Sie flog durch den Wald und suchte uns, das Sonnenlicht glitzerte auf ihren goldenen Schuppen.

Als sie mich erreichte, richtete sie sich auf, schlug mit den Flügeln und wirbelte das Laub auf dem Boden auf. Sie krächzte und es war mir, als würde sie mich böse anstarren.

Soll sie doch. Sie konnte mich nicht mehr verachten, als ich mich selbst verachtete.

Was hatte ich getan?

Eigentlich wusste ich, was ich getan hatte. Ich hatte mich von etwas Wertvollem getrennt, von etwas, das ich über alles andere in meinem Leben hätte stellen sollen, nur weil ich daran gezweifelt hatte, dass jemand wie ich wahre Liebe erfahren könnte.

Ich hatte an uns gezweifelt.

Merith flog an mir vorbei und landete auf Seylas Schulter.

Ihr Blick begegnete meinen und ich war verblüfft über die Traurigkeit, die darin lag. Sie musste froh sein, dass es vorbei war, dass sie nicht in eine Beziehung gezwungen wurde, die sie nicht wollte.

Wir hatten zugestimmt, dies zu tun; nun mussten wir mit dem Ergebnis unseres Handelns leben.

Als wir uns dem Schloss näherten, verließ eine ältere Elffrau das Gebäude und ging zu uns auf den Schotterweg, der das große Gebäude umgab.

„Annalisa bat mich, eine Nachricht zu überbringen", sagte sie mit freundlicher Stimme. Ihr weißes Haar schimmerte im Sonnenlicht fast silbern. Sie strich mit den Händen über ihr schlichtes blaues Kleid. „Sie und Murtik sind abgereist. Er wird sie in ihr Haus zurückbringen, wo sie sich ausruhen kann." Ihr Kopf neigte sich und sie betrachtete unsere Gesichter für einen langen Moment, bevor ihr Blick zu Seylas Handgelenken und dann zu meinem wanderte. „Der Zauber war erfolgreich."

„Das war er", krächzte ich. Ich räusperte mich und sprach wieder. „Das Paarungsband ist aufgelöst."

Seyla sagte nichts, sondern starrte die Elfrau nur ausdruckslos an.

Merith rieb sein Gesicht immer wieder an ihrer Wange, aber sie schnurrte nicht. Sie war genauso unruhig wie ich.

„Ich habe eure Sachen in den Kutschen verstaut", erklärte die Elfrau und deutete auf zwei kleinere Fahrzeuge, die in der Nähe geparkt waren und jeweils nur von einem Flisteer gezogen wurden. „Ich nehme an, ihr wollt jetzt abreisen?"

Ich warf einen Blick auf Seyla, aber sie schaute nicht in meine Richtung. Als sie nickte, nickte auch ich.

Die Lippen der Elfrau zuckten. „Nun gut, dann. Ihr könnt jeder eine Kutsche nehmen. Die Flisteers wissen, wo sie euch abliefern müssen. Ich wünsche euch beiden nur das Beste."

Als ich in meine einsame Kutsche stieg und Merith auf meinem Schoß landete, musste ich mich fragen, was das Beste sein könnte.

Ich vermutete, dass es gestern Abend war, als Seyla und ich uns gegenseitig unser Herzen öffneten.

KAPITEL 28

Seyla

Kate kam mich am nächsten Tag besuchen.

„Hey Girl", sagte sie und stürmte in mein Wohnzimmer, wo ich auf dem Sofa saß und auf meinen Laptop starrte. Ich sollte ein Dokument öffnen und mit der Arbeit an einem Buch beginnen, aber der Gedanke daran, ein Happy End zu schreiben, machte mich nervös.

Sriracha hatte sich auf dem Stuhl gegenüber dem Couchtisch zusammengerollt. Er warf mir immer wieder mürrische Blicke zu, meine Strafe dafür, dass ich ihn die Nacht über bei Luna gelassen hatte. Ich wusste, dass sie superlieb zu ihm war, aber er genoss es am meisten, zu Hause zu sein.

Kate gab ihm einen Klaps, bevor sie sich auf das Sofa fallen ließ und ausatmete, sodass ihr wunderschönes kastanienbraunes Haar nach oben flog, bevor es sich an den Seiten ihres Gesichts niederließ. „Man ist das heiß heute draußen. Wir brauchen einen kräftigen Regen, um die Hitze zu vertreiben."

Ich hatte es nicht bemerkt. Ich hatte geschlafen - irgendwie - obwohl meine Träume von Bildern von mir und Vrok während unserer gemeinsamen Nacht heimgesucht wurden. Ich erwachte mit Tränen im Gesicht und einem Herz, das sich in meiner Brust in einen Betonklumpen verwandelte. Als ich die Treppe hinunterkam, taumelte ich in die Küche, kochte Kaffee und nahm ihn mit. Er stand immer noch auf dem Tisch, steinkalt wie meine Seele.

„Tylik und ich werden an der Rückseite unseres Hauses ein Babyzimmer einrichten", sagte sie.

„Das ist schön." Ich starrte auf meinen Kaffee. War eine Fruchtfliege darin gelandet? Typisch.

„Wenn die Drillinge geboren sind, brauchen wir mehr Platz, also reden wir darüber, unser Hobbit-Haus um mehr als ein Zimmer zu erweitern. Aber wir werden dort anfangen. Ich kann mir vorstellen, dass wir sie zumindest für ein paar Jahre zusammenhalten können."

„Ich verstehe." Ich beugte mich vor und schnippte die Fliege aus dem Kaffee, obwohl ich ihn nicht trinken würde. Die verdammten Dinger sind einfach ... Ich runzelte die Stirn. „Drillinge? Du bist schwanger?" Ich wirbelte herum und sah sie an. „Drillinge!?"

„Nun, das wissen wir noch nicht." Sie strich sich mit der Hand über den Bauch. „Und ich vermute nur, dass ich schwanger bin. Wir sind noch nicht so lange zusammen, aber ... ich glaube, ich trage unser Baby." Ihr schüchternes Grinsen war ansteckend. Warum konnte ich meins nicht dazu bringen, mitzumachen? Es sank zu schnell. „Was ist los? Du hörst offensichtlich nicht zu."

Ich hielt meine Handgelenke hoch. Ich hatte ihr bereits

von mir und Vrok erzählt, auch wenn ich die heißeren Sachen nicht erzählt hatte. Sie hatte sich gefreut und gesagt, dass er mir nicht mehr widerstehen könne, da wir nun Schicksalsgefährten seien.

Er widerstand mir jetzt ziemlich leicht.

„Was ist passiert?" Sie streckte die Hand aus, um mein Handgelenk zu berühren, zog aber ihren Finger zurück, als ob meine Berührung ansteckend sein könnte und sie plötzlich anders über Tylik denken würde. Das war unmöglich. Sie liebten sich und das würde sich auch nicht ändern.

Ich habe den Zauberspruch erklärt.

„Du wolltest es wirklich beenden?", murmelte sie traurig und ließ sich an meine Seite sinken.

Ich neigte meinen Kopf und lehnte mich an ihre Schulter. „Ich hatte keine Wahl. Die Gefühle wurden erzwungen."

„Warum bist du dann traurig? Du solltest froh sein, dass es vorbei ist, dass du dich nicht mehr zu ihm hingezogen fühlst."

„Weil ich ihn liebe", wimmerte ich und neue Tränen stiegen mir in die Augen.

Sie legte ihren Arm um mich. „Was meinst du?"

„Es hat funktioniert, aber auch nicht. Die Symbole sind weg. Ich spürte, wie etwas in mir zerbrach, als der Zauber endete, aber meine Gefühle haben sich nicht geändert. Ich liebe ihn und werde bis zu meinem Todestag so empfinden."

„Warum hast du das getan? Ernsthaft?"

„Weil es das war, was Vrok wollte."

„Was ist mit dem, was Seyla wollte?"

„Ich habe sie ignoriert", erwiderte ich. „Was hätte ich sonst tun sollen?"

„Du hättest für das kämpfen können, was ihr zusammen hattet." Sie schüttelte den Kopf und seufzte. „Ist dir jemals in den Sinn gekommen, dass die Bindung nur ein Teil dessen war, was ihr beide geteilt habt, dass die Liebe, die du fühlst, nicht weggewischt werden kann wie die Symbole?"

„Ich dachte, die Sehnsucht würde aufhören. Ich dachte, dass wir Freunde bleiben würden, wenn es vorbei ist, dass wir uns gegenseitig unterstützen würden, wenn wir neue Leute finden, mit denen wir zusammen sein können."

„Ach Seyla", sagte sie und umarmte mich. „Es tut mir leid. Was sagt Vrok zu all dem?"

„Überhaupt nichts. Er schien ziemlich froh zu sein, dass es vorbei war, als er in eine Kutsche stieg. Seitdem habe ich ihn nicht mehr gesehen, was mir sagt, dass er abgeschlossen hat."

„Was wäre, wenn ..." Sie drehte sich um und schenkte mir ein weiteres strahlendes Lächeln. „Was, wenn er deinen Verlust genauso betrauert wie du ihn?"

„Hätte er nicht etwas gesagt?"

„Das hast du auch nicht oder?"

„Nun, nein."

„Warum nicht?", fragte sie mit einem leisen Lachen.

„Ich konnte ihm nicht sagen, dass ich ihn wirklich liebe, dass sich meine Gefühle trotz des gebrochenen Zaubers nicht geändert haben."

„Ihr zwei habt das wirklich vermasselt."

„Das haben wir", erwiderte ich. „Und ich glaube nicht,

dass es eine Möglichkeit gibt, das wieder in Ordnung zu bringen."

„Ich kann Tylik fragen, ob es einen Zauber gibt, der es rückgängig macht."

„Ich dachte, solche Zaubersprüche seien verboten", wunderte ich mich.

Sie zuckte mit den Schultern. „Es kann nicht schaden zu fragen." Sie erhob sich und schaute mich traurig an. „Ich werde dich wissen lassen, was er sagt. In der Zeit dazwischen ..."

„Was?" Ich blickte zu ihr auf.

„Warum tust du nicht etwas Nachbarschaftliches für Vrok? Das wäre ein guter Weg, um herauszufinden, ob die Gefühle, in denen du dich suhlst, einseitig sind oder nicht."

„Es ist unwahrscheinlich, dass es ihn noch interessiert." Ich erhob mich vom Sofa und folgte ihr zur Haustür. „Wahrscheinlich macht er jetzt, wo es vorbei ist, eine Party." Kein Verlangen mehr nach mir oder meinem Körper. Kein Spähen durch den Zaun, wenn ich im Garten arbeitete. Und kein Hochheben auf den Küchentisch, um mich zu küssen.

„Ihr habt einen großen Fehler gemacht", sagte sie. „Warum noch einen draufsetzen?" Mit diesen Worten öffnete sie die Haustür und taumelte zurück. „Whoa. Woher kommt der Sturm? Der Himmel war klar, als ich hierherkam. Ich gehe besser nach Hause."

„Sturm?"

„Ja, der Himmel ist dunkel und es sieht so aus, als würde es bald Hunde, Katzen und Zentauren schütten."

Ich drückte ihre Schulter. „Fahr vorsichtig? Bitte."

„Sicher." Sie warf mir einen prüfenden Blick zu, bevor sie ging und zu ihrem Geländewagen eilte, als es zu regnen begann.

Ich schloss die Tür und kippte meinen Kaffee in den Abfluss. Ich füllte eine weitere Tasse aus der Kanne und fügte Milch aus dem Kühlschrank hinzu. Ich bezweifelte, dass ich ihn trinken würde, aber ich brachte ihn ins Wohnzimmer, nur für den Fall.

Ich klappte meinen Laptop hoch und öffnete ein Dokument. Es war an der Zeit, eine neue Geschichte anzufangen. Vielleicht die über Gargoyles, denn ich konnte auf keinen Fall eine Romanze über Orks schreiben.

Als der Donner über uns grollte, flackerte das Licht.

„Sieht nach einem schrecklichen Sturm aus Sriracha", sagte ich zu meinem Kater, der mich nur anblinzelte, seine Nase in seinen flauschigen Schwanz steckte und wieder einschlief. „Ein Sturm, genau wie in meinem letzten Buch, bei dem mir Vrok geholfen hat."

Mir stockte der Atem.

Kate hatte recht - wie immer.

Es *gab* etwas, das ich tun konnte.

KAPITEL 29

vrok

Donner grollte, gefolgt von einem Blitz, der den Himmel erhellte.

Ich saß in meinem Büro und versuchte zu arbeiten, aber zwischen dem Sturm und Meriths mürrischen Blicken kam ich zu nichts. Man könnte meinen, sie hätte den Heiratsvermittler gespielt und mich mit Seyla verkuppelt, nur damit ich sie zurückweise. Nicht nur zurückweisen, sondern ihr das Herz aus der Brust reißen und es unter meinem Schuh zertreten.

„Ich vermisse sie, falls das hilft", erklärte ich ihr und ließ meinen Stift auf einen Stapel Papiere fallen.

Sie klammerte sich an ihre Sitzstange und benutzte die Vorrichtung, die ich bei ihrer Adoption gekauft hatte. Ich setzte sie darauf, als sie ankam. Sie krächzte und hackte auf meiner Hand herum; seitdem hat sie sie nicht mehr benutzt. Zumindest für heute muss es in Ordnung sein.

Ich spürte, dass sie mir nicht zu nahekommen wollte, und wer könnte ihr das verdenken?

„Du hast recht", sagte ich.

Es kam mir so vor, als ob sie nickte.

„Ich hätte das niemals tun sollen. Ich hätte das Geschenk, das uns gegeben wurde, erkennen und schätzen sollen. Seyla in Ehren halten."

Jetzt war ich überzeugt, dass sie nickte.

Meine Brust tat weh. Das tat sie, seit ich Annalisas Trank getrunken hatte. Ich ahnte, dass sie für den Rest meiner Tage schmerzen würde.

„Die Sache ist die", sagte ich zu Merith, „wir haben es getan, weil *sie* es so wollte."

Sie knurrte. Diesen Laut hatte ich von meiner Dragonette noch nie gehört.

„So war es", fügte ich hinzu.

Ihr Knurren schallte durch den Raum und sie unterstrich es mit einem bösen Blick.

„Okay, vielleicht wollte sie es nicht. Ich habe sie nicht gerade in die Enge getrieben und sie gezwungen, mir zu sagen, was sie wirklich denkt. *Ich* wollte es auflösen." Aber warum? Eigentlich brauchte ich die Frage gar nicht zu stellen. Ich musste nur die Antwort ausspucken. „Margie hat mich verletzt und ich hatte Angst, dass Seyla dasselbe tun würde. Um das zu verhindern, habe ich sie weggestoßen, egal wie sehr ich sie wollte oder wie ich mich mit ihr fühlte."

Merith schnaubte.

„Aber sie will mich nicht mehr, also ist es vielleicht besser so. Es ist ein bisschen so, als würde sie mich zurückweisen, wie Margie es getan hat, meinst du nicht?"

Merith stürzte von ihrer Sitzstange und landete auf

meiner Schulter. Ihre Krallen spannten sich an, bis sie sich fast in meine Haut bohrten.

„Hey!" Ich sprang von meinem Sitz auf, drehte mich und versuchte, ihr die Krallen zu entreißen, bevor sie Blut vergossen.

Als ihr Griff nachließ, setzte ich mich wieder auf meinen Stuhl.

„Okay, du hast recht", sagte ich. „Sie hätte mich nicht so abgewiesen wie Margie. Sie ist überhaupt nicht wie sie."

Sie liebte mich. Das sagte sie mir und es stimmte. Ich spürte es in ihrer Berührung, in ihren Seufzern, wenn ich sie liebte und in der Art, wie sie mich ansah.

Das wusste ich in meinem Herzen.

„Sie liebt mich nicht mehr", seufzte ich.

Merith hackte auf meinem Gesicht herum.

„Hör auf", schnauzte ich, obwohl meine Stimme nicht viel Schwung hatte.

Ich starrte sehr lange auf meinen Schreibtisch.

„Vielleicht sollte ich zu Seyla gehen. Ich muss sicherstellen, dass es ihr gut geht."

Merith begann zu schnurren.

„Gefällt dir diese Idee?", fragte ich.

Sie nickte.

„Ich könnte sie fragen, wie sie sich fühlt."

Ihr Schnurren wurde lauter.

„Und ich könnte ihr sagen, wie *ich* mich fühle. Du hast recht Kleines. Ich habe das angezettelt. Vielleicht wollte sie unsere Bindung nicht auflösen. Vielleicht", ich kniff die Augen zusammen, wagte nicht zu hoffen, „vielleicht liebt sie mich immer noch so sehr wie ich sie. Ich kann nicht zulassen, dass es endet, ohne zu fragen."

Merith rieb ihr Gesicht an meiner Wange; ein sicheres Zeichen der Zustimmung. Sie hob ab und schwebte zur Hintertür. Das Klicken ihrer Krallen ertönte auf dem Glas.

„Jetzt gleich?", fragte ich ängstlich. Was wäre, wenn ich ihr sagen würde, dass ich sie immer noch will und sie den Kopf schütteln und sagen würde, ich solle verschwinden?

Ich hatte das Gefühl, dass ich mich noch viel schlechter fühlen würde als damals, als Margie mich zurückwies.

Merith klopfte fester gegen die Scheibe und ich verließ mein Büro und schritt zur Rückseite des Hauses.

Jemand wartete auf der anderen Seite der Tür.

Seyla.

KAPITEL 30

Seyla

„Hey", sagte ich, als Vrok die Tür öffnete.

Merith flog hinaus und landete auf dem hinteren Teil des Rasens, aber anstatt nach Käfern zu kratzen, beobachtete sie uns.

„Hey", erwiderte Vrok.

„Ist es okay, wenn sie draußen im Sturm ist?", fragte ich besorgt um die kleine Dragonette.

„Sie liebt es. Sie klopft an die Tür, wenn sie wieder reinkommen will."

„In Ordnung." Der Regen rann mir den Rücken hinunter und ich überlegte, ob ich mich umdrehen und nach Hause gehen sollte. Mich drinnen für tausend Jahre verstecken. Vielleicht würde mein Herz dann aufhören zu schmerzen.

Nein, ich bin aus einem bestimmten Grund hierhergekommen und ich wollte die Sache durchziehen.

Ich richtete mich auf. „Darf ich kurz reinkommen?"

Nach dem Duschen hatte ich mir ein Sommerkleid angezogen, weil ich mich hübsch fühlen wollte, falls mein Plan schiefgehen würde.

Ich war schon ganz durchnässt vom Regen und das Wasser lief mir den Rücken des hübschen Kleides hinunter.

„Natürlich." Er wich zurück; ich schob mich an ihm vorbei und hielt den Atem an. Wenn ich nur einen Hauch seines wunderbaren Duftes wahrnahm oder ihn berührte, würde ich weinen. Nachdem er einen Blick nach draußen geworfen hatte, schloss er die Tür. „Ziemlich übel draußen. Ist bei dir zu Hause alles in Ordnung?"

„Nein. Ja. Ich weiß nicht." Ich ließ die Schultern hängen.

Er nickte.

Ich ging in seine Küche und lehnte mich gegen den Tresen. Als ich merkte, dass dies der Schauplatz eines feuchtfröhlichen Moments zwischen uns war, allerdings bei mir zu Hause, rutschte ich vom Tresen und stellte mich neben die Tür zum Wohnzimmer.

„Ich tropfe", seufzte ich und starrte auf den Pool an meinen Füßen. „Es tut mir leid."

„Ist schon gut Seyla." Er sah mich an, aber ich konnte nicht deuten, was er dachte.

„Ich brauche Hilfe bei einer letzten Szene in meinem Buch", sagte ich schließlich mit zittriger Stimme. Was, wenn das nicht funktioniert? Was, wenn er mich ablehnen würde?

Nun, dann wüsste ich es wenigstens. Ich könnte mein Haus verkaufen und in ein neues Haus auf der anderen

Seite des Landes ziehen. Ich könnte ihm aus dem Weg gehen. Eines Tages werde ich vielleicht sogar an ihn denken können, ohne mich zusammenrollen und weinen zu wollen.

„Was brauchst du?", krächzte er.

Warum klang er so nervös wie ich?

Vielleicht befürchtete er, dass unsere Nähe die Bindung wieder auslösen würde, falls so etwas überhaupt möglich war.

„In meinem Buch befindet sich mein Paar im letzten, entscheidenden Moment, und ich befürchte, dass sie nie ihr Happy End finden, wenn ich das nicht richtig hinbekomme." Ich nahm mein Telefon in die Hand. „Kann ich dir diesen Abschnitt vorlesen und deine Meinung zu seinem Dialog hören?"

„Natürlich." Er machte einen Schritt auf mich zu, blieb dann aber stehen, als ob er sich nicht näher herantraute.

Vielleicht hasste er mich jetzt. Er könnte glauben, dass ich die Situation ausgenutzt habe und er könnte recht haben. Ich schwelgte in den Gefühlen, die in mir wuchsen, schwelgte in der Bindung, die ich mit ihm gefunden hatte.

Ich räusperte mich und begann zu lesen. „Hier spricht mein Wyvern."

„Du hast ihn nicht zu einem Ork gemacht."

Ich warf ihm nur einen Blick zu und forderte ihn auf, noch einmal vorzuschlagen, dass ich es ändern sollte.

„Wyvern funktioniert", räusperte er sich und kratzte sich im Nacken. „Die sind so ähnlich wie ein Drache oder?"

„Das weißt du nicht?"

„Ich bin keine Enzyklopädie von Monstern."

„Okay." Ich nahm mein Telefon wieder hoch. Würde ich mich das trauen? Was, wenn er es umdrehte oder mich verächtlich ansah?

Ich werde es nicht wissen, wenn ich es nicht versuche. Ich konnte hören, wie Kate das zu mir sagte.

„Was sollen wir tun, fragt mein Kerl," sagte ich.

Vrok nickte. Wenigstens hörte er zu.

„Ihr suchender Blick traf meinen", las ich. „Und ich schwöre, sie machte sich gefasst."

„Worauf macht sie sich gefasst?", fragte Vrok leise und machte einen weiteren Schritt auf mich zu.

Habe ich Fürsorge in seinen Augen erkannt? Vielleicht war es nur die übliche nachbarschaftliche Freundlichkeit. Oder er hatte Mitleid mit meinem Paar.

„Sie rechnet damit, dass er ihr sagt, dass sie gehen muss. Erinnerst du dich? Sie waren wegen eines Sturms in seinem Haus gefangen."

„Es stürmt hier gerade."

Ja, so bin ich auf die Idee gekommen.

Einen Moment lang hatte ich Angst. Das war ein dummes Unterfangen. Ich musste gehen.

Aber ich habe mich zum Bleiben zum Weitermachen gezwungen.

„In meinem Buch ist der Sturm vorbei. Sie weiß, dass er ihr sagen wird, dass er nicht will, dass sie bleibt."

„Und, wenn er es will?" Vrok trat noch einen Schritt näher an mich heran.

„Er wird es ihr sagen müssen und das ist der Punkt, an

dem ich in Schwierigkeiten gerate." So viele Schwierigkeiten. Ich war am Ertrinken und es war kein Ufer in Sicht. „Er merkt, dass er ihr nicht gesagt oder gezeigt hat, was er wirklich empfindet."

Vrok starrte mich mit so viel Sorge an, dass mir der Atem stockte. „Wie fühlt er sich?"

„Er muss ihr sagen, was in seinem Herzen los ist." Ich schluckte und kniff die Augen zusammen, aber Vrok auszublenden, würde ihn nicht davon abhalten, mich zurückzuweisen. Es würde mich nur davon abhalten, die Verachtung in seinem Gesicht zu sehen.

„Ich glaube, er muss mehr tun, als es ihr zu sagen", erwiderte Vrok und kam so nah an mich heran, dass ich mich automatisch vorlehnte.

Er roch wunderbar nach Frühlingsregen, nach der Würze, die man sich auf die Haut reiben möchte und nach einem Hauch von Hoffnung. Ich klammerte mich an Letzteres.

„Was soll er in dieser Szene tun?", fragte ich mit geöffneten Augen, traute mich aber immer noch nicht, zu ihm aufzuschauen.

„Ich denke, er sollte sie halten." Vrok nahm meine Hand und zog mich in seine Arme. „Genau so."

„Ja, das könnte funktionieren." Ich ertrank in seiner Berührung, obwohl sie ach so unschuldig war. Er war einfach nur nett. Ein Freund. Er half mir, die Szene nachzuspielen.

Es war nicht real. Das waren nicht wir.

„Ich weiß, was *ich* machen will", sagte er. „Das könntest du schreiben."

„Wenn ich sie wäre, würde ich ihn bitten, es zu benennen. Ich würde sagen: „Was willst du tun?"

„Nun, er würde ihr die Tränen aus dem Gesicht streichen." Sanft strich er mit den Daumen über meine Wangen. Sie waren nass, nicht nur vom Regen. „Er würde es hassen, dass er sie zum Weinen gebracht hat. Es würde ihn fast umbringen."

„Was noch?", fragte ich und wünschte mir jeden Stern in der Galaxie herbei. *Bitte Schicksal sei nett zu mir.*

„Er würde sagen: Ich liebe dich Seyla. Echte Liebe, die Art mit Blumen und Romantik und dass er sie jeden Tag ihres Lebens anbetet."

„Ihr Name ist Nettie", krächzte ich heraus.

„Er kann Nettie sagen, dass er sie liebt, aber was mich betrifft, ich sage es Seyla." Er hielt mein Gesicht und zwang mich, zu ihm aufzusehen. Ich sah dort so viel Hingabe, dieselben Gefühle, die ich gesehen hatte, als wir unsere Bindung hatten. Die Liebe, die ich in der einen Nacht gesehen hatte, in der wir zusammen waren. „Ich habe einen großen Fehler gemacht, Seyla. Warum habe ich uns weggeworfen?"

Weitere Tränen stiegen mir in die Augen. „Damit warst du nicht allein. Ich habe uns auch weggeworfen. Ich bin immer noch in dich verliebt Vrok. Sie ist echt, nichts, was durch das Paarungsband entstanden ist. Sie war immer echt."

„Was werden wir dagegen tun, Seyla?"

„Ich denke, du solltest damit anfangen, mich zu küssen. Von da aus können wir weitermachen."

„Liebe", flüsterte er heiser.

Er hob mich hoch und sein Mund traf meinen.

Und während der Sturm um uns herum tobte, haben wir uns wiedergefunden.

Wir haben uns für immer gefunden.

KAPITEL 31

Epilog

SEYLA

Einen Monat später

„Überraschung!", rief ich zusammen mit unseren Freunden.

Kate stand in der Tür von Vroks und meiner Wohnung. Ich war bei ihm eingezogen und wir vermieteten mein Haus an die Frau, die ich auf dem Jahrmarkt kennengelernt hatte, Brooke. Ich hatte sie in Rylees Cupcake-Laden getroffen und sie hatte mir anvertraut, dass sie eine Unterkunft für eine Woche oder so brauchte. Das B&B von Violet und Goreg hatte keine Zimmer. Ich schlug ihr vor, zur Babyparty zu kommen, aber sie sagte mir, sie hätte andere Pläne.

„Ist das alles für mich?", fragte Kate und legte ihre Hand auf ihren kaum vorhandenen Bauch. Sie grinste Tylik an, der schützend hinter ihr in der Tür stand.

„Kommt rein", rief Granny Vi und wedelte mit ihrem Stock. „Ihr lasst die Klimaanlage raus."

„Du hast recht Vi. So recht", sagte Onkel Bub neben ihr auf dem Sofa.

Ich eilte zu Kate hinüber und umarmte sie. „Du hast doch nicht geglaubt, dass du ohne eine Babyparty auskommst oder?"

„Aber ich bin doch erst ein paar Monate schwanger", erwiderte sie und strahlte alle an. „Ach, das ist so süß."

„Du siehst wie immer umwerfend aus", unterbrach Chastity und trat vor, um Kate die zweite Umarmung des Abends zu geben. Max folgte mit Sydnee auf seiner Schulter. Sie zappelte, weil sie runter wollte. Sie hatte angefangen, sich an den Möbeln hochzuziehen und sich an allem festzuhalten. Bald würde ich unser Haus babysicher machen müssen, und das nicht nur, um alles vor Sydnee zu schützen. Im nächsten Frühjahr würden Vrok und ich unser erstes Kind begrüßen.

Max setzte Sydnee ab, behielt jedoch ihre Latzhose fest im Griff und hielt ihre Füße über dem Boden. Quiekend versuchte sie, sich zu befreien.

„Setz dich auf den Platz für den Ehrengast, Kate", sagte Vrok und legte seinen Arm um meine Schulter. Er küsste mich auf die Stirn und deutete zu dem bunt geschmückten Stuhl, über dem ein Banner mit der Aufschrift *Welcome Baby* hing.

Alle waren da und meine Wangen schmerzten vom Grinsen.

Luna saß auf Storms Schoß und Sriracha saß auf ihrem,

schnurrte und warf mir Blicke zu, die sagten: *Siehst du? Ich kann andere Menschen lieben, also pass auf!*

Darrow und Paige hatten sich einen anderen Stuhl besorgt und saßen zusammen. Ihr Bauch wölbte sich ein wenig mehr als der von Kate. Sie würde um die Feiertage herum entbinden.

Raze und Elisa legten letzte Hand an die Dekoration der Torte, die Rylee vorhin sorgfältig auf einen Tisch gestellt hatte. Danach musste sie noch Gunner und Josh abholen.

Elisa und Raze hatten sich freiwillig gemeldet, um die Veranstaltung zu organisieren, obwohl sie Gäste wie alle anderen waren. Ich hatte sie dabei erwischt, wie sie am Tresen knutschten und ich verstand, warum. Es war ein magischer Tresen, wie geschaffen für die Liebe.

„Tut uns leid, dass wir zu spät kommen", rief Gunner, als er und Rylee durch die Haustür traten. „Macht noch keine Geschenke auf, denn wir wollen, dass ihr unseres zuerst aufmacht." Er legte ein hübsch verpacktes Paket zu den anderen neben Kates Stuhl.

Josh, ihr kleiner Sohn, rannte zu dem Tisch, auf den wir die beiden Teddybären gelegt hatten, die wir auf dem Jahrmarkt gewonnen hatten. Er schnappte sie sich und umarmte sie.

„Ich kann es kaum erwarten, zu sehen, was es ist", rief Violet und lehnte sich in Goregs Umarmung. Sie standen in der Tür zur Küche. „Ich hol mir was aus dem Kühlschrank. Wer will eine Limonade?"

Ein paar schrien und sie eilte in die Küche, um mehr zu holen.

Ihre kleine Schwester Halle schob sich zu Josh rüber; sie stürmten zu der Spielzeugkiste, die ich in die Ecke des Zimmers gestellt hatte, fanden ein Spiel und rannten in die Küche, um es auf den Tisch zu platzieren und zu spielen.

„Wann sollen wir *deine* Babyparty planen?", fragte Vrok, der hinter mir auftauchte. Er schlang sich um mich, seine großen Hände streichelten meinen noch flachen Bauch.

„Das liegt nicht an mir." Ich rümpfte die Nase. „Eine schwangere Frau organisiert die Babyparty nicht selbst."

„Ich werde es tun", sagte Kate mit einem Grinsen. „Bevor ich die beiden rausquetsche, bin ich voll dabei."

Sie bekam zwar keine Drillinge, aber Zwillinge. Ich konnte es kaum erwarten, mit ihnen zu kuscheln und Kate hatte versprochen, dass sie mich Tante nennen würden.

„Oh nein", brüllte Nyxor und erhob sich von seinem Platz an einem Ende des Sofas. Er spähte umher. „Wo ist sie?"

Ich hatte noch nicht herausgefunden, was er damit meinte und ich war mir nicht sicher, ob es höflich war, danach zu fragen.

Ein Puff und er ging in Flammen auf.

Nur eine Person schrie auf: Nyxors Date. Der Rest von uns hatte sich daran gewöhnt, dass er seinen Phoenix, wie er es nannte, mit ihm durchgehen ließ.

„Ich habe die Schnauze voll", brüllte sein Date. Ihr finsterer Blick erfasste uns alle. „Warum tut ihr nicht alle etwas, um das zu verhindern? Er ist ein Freak, das ist er, und ich habe es satt." Sie stürmte auf die Tür zu. „Sagt ihm, er soll mich *nicht* mehr anrufen."

Die Haustür schlug hinter ihr zu.

Idiotin. Nyxor war der süßeste Typ. Er war ohne sie besser dran.

Gunner brachte eine Decke herbei und legte sie über die Stelle, an der Nyxor gelegen hatte.

Innerhalb von Sekunden tauchte Nyxor als Phoenix unter der Decke auf. Nach einem Kreischen verwandelte er sich wieder in sein wunderschönes männliches Selbst.

„Wo ist Annie?", fragte er und sah sich um.

„Sie ist gegangen", erwiderte Gunner und rieb Nyxors Schulter. „Tut mir leid, Mann."

Mit einem traurigen Seufzer wickelte Nyxor die Decke um seine Hüften und verließ das Zimmer. Die Hintertür öffnete sich und er trat hinaus.

„Ich werde mit ihm reden", sagte ich zu Vrok und fühlte mich schlecht für unseren Freund. Keiner von uns hat ihn für etwas verspottet, das er nicht kontrollieren konnte, aber wir waren alle traurig, weil er es tat.

„Ihm wäre es lieber, wenn du das nicht tust", erwiderte Vrok und umarmte mich. „Er hat mir gesagt, dass er einfach nur allein sein will, wenn es passiert."

Ach.

„Ich kann mir vorstellen, dass er sich auf die Hintertreppe setzt und ein wenig mit Merith plaudert", fügte er hinzu. „Ich werde ihn bald holen. Er wird nicht viel von der Party verpassen wollen."

„Vielleicht geht er nach nebenan, um Brooke zu besuchen", schmunzelte ich, obwohl ich nicht glaubte, dass sie sich schon begegnet waren. Sie war hübsch, Single und sie hatte erwähnt, wie sehr sie es liebte, in einer Stadt voller Monster zu leben. Sie würden sich bestimmt gut verstehen.

Ich hatte sie eingeladen, heute Abend vorbeizukommen, aber sie sagte mir, sie müsse noch einige Dinge erledigen, die sie aufgeschoben habe.

Vrok küsste mich auf die Wange; ich seufzte und lehnte mich in seiner Umarmung zurück.

„Ich liebe dich", flüsterte er.

„Ich liebe dich auch", erwiderte ich. Es gab keinen schöneren Ort als in seinen Armen zu liegen. Unsere Freunde umringten uns. Lachen ertönte. Man konnte das Glück und die Liebe in der Luft spüren.

Wir hatten unseren Frieden mit unserer Bindung gefunden und beschlossen, dieses Kapitel unseres Lebens abzuschließen und ein Neues zu beginnen, da wir uns so sehr auf unser Zusammensein freuten.

Alles, was zählte, waren er und ich und unsere Liebe füreinander.

Könnte unser Leben noch besser werden?

Meine Handgelenke begannen zu kribbeln.

Ich keuchte, und der Laut wurde von Vrok wiedergegeben.

Wir hoben unsere verschränkten Hände und sahen zu, wie die glorreichen, wunderbaren, erstaunlichen Symbole wieder auf unserer Haut erschienen.

Ich hoffe, die Geschichte von Seyla und Vrok hat dir gefallen!
Als nächstes ist Hold Me Closer, Fiery Phoenix dran,
Die Romanze von Brooke und Nyxor.
Will Nyxor & Brooke's Blitzhochzeit

genauso schnell in einer Scheidung enden, oder werden sie ihr Happy End finden?

Meldet euch für meinen Newsletter an und
erhaltet ein kostenloses Buch!
Geleitschutz für einen Alien

hold me closer, fiery phoenix

Wenn ich nicht bald meine wahre Liebe finde, werde ich sterben.

Die Dating-Szene kann für einen Phoenix hart sein, vor allem, wenn ich zu den unpassendsten Zeiten zu Asche verbrenne. Es ist so weit gekommen, dass niemand mehr mit mir ausgehen will.

Schlimmer noch, meine spontanen Verbrennungen beschleunigen sich. Ich bin mit einer seltenen Phoenix-Anomalie verflucht worden und meine Zeit läuft ab. Bald wird mein Aschehaufen vom Wind verweht und ich nicht mehr als Phoenix erneuert werden.

Es sei denn, ich finde meine Schicksalsgefährtin und kann sie überzeugen, mich zu lieben.

Als die städtische Partnervermittlung Monster Mingle mir eine Katalogbraut anbietet, sage ich aus Verzweiflung zu. Ich bin auf den ersten Blick mit Brooke verheiratet, einer Frau, die ich nicht mehr gesehen habe, seit wir sechzehn waren, damals, als ihr älterer Bruder uns beim Knutschen erwischte und sie mir wegnahm.

Wir machen da weiter, wo wir aufgehört haben, und mit der Hilfe meiner Monsterfreunde mache ich mich auf den Weg, ihr zu zeigen, dass ich der Phoenix ihrer Träume bin.

Kann ich sie überzeugen, mich zu lieben, bevor es zu spät ist?

Hold Me Closer, Fiery Phoenix, Buch 9 der Monsterville, USA Serie, ist eine heiße Monster-Romanze. Jedes Buch kann für sich alleinstehen, aber am besten liest man sie in der Reihenfolge. Freu dich auf romantische Verwicklungen mit Monstern, erotische Momente und Happy Endings.

über den autor

Ava Ross ist eine zweifache *USA Today-Bestsellerautorin* mit zahlreichen veröffentlichten Werken. Sie verliebte sich in Männer mit ungewöhnlichen Merkmalen, als sie zum ersten Mal *Star Wars* sah, wo außerirdische Kreaturen zum Mainstream geworden sind. Sie lebt mit ihrem Mann (der leider kein Außerirdischer ist, obwohl er auf seine Art trotzdem süß ist), ihren Kindern und ein paar Haustieren in Neuengland.

serien auf deutsch von ava

Galaxie-Spiele

Bestialischer Alien-Boss

Die Schicksalsgefährten der Ferlaern-Krieger

Feiertagsdate mit einem Alien
(Frost, Sleye)
(Science-Fiction Weihnachtsgeschichten)

Monsterville

Monstergefährtenjagd

Printed in Poland
by Amazon Fulfillment
Poland Sp. z o.o., Wrocław

51275327R00120